分の価値

綾子
Ayako Sono

まえがき

カトリックの修道院経営の学校で育ったので、私は世間の評価とはいささか異なった価値観の中で育てられた。

一言で言うと、世間的な評価とは別に、すべての人間にはその人しか達成できない現世の使命が与えられているということである。時にはその結果は隠されたままで、世間の喝采を浴びないこともある。しかしほとんどの場合、その人の素質と使命は、死ぬまでにいつか必ず、露わにされ、使われるものである。

その人が生涯をどう生きたか、ということはどこかで必ず記憶されていると私は思うようになった。それをするのは神である。人生の途中において周囲の人間すべてが、その人の才能や使命に気づかなくても、必ず神が見ていて、その人をどこかで必ず使っているというのが、私の実感だ。周囲の人間は、彼か彼女の才能に気づいていなくても、神は実の親のようにその持ち味に気づくものなのだ。

人間は老年になることを不幸と思う場合が多いが――そして私も他人とほぼ同じようなややひがみっぽい心理で生きていることが多いが――ありがたいことに、時々、他人と違うな、と思える場面もある。

ほんの一つその例を挙げれば、私は非文化的生活をさせられることに生まれつき恐怖を感じなかったのである。今から六十年以上前の東南アジアに行くことになった時――それが私の初めての外国旅行だったが――私は少しも恐怖や不安を覚えず、身の回りの数少ない人の忠告に耳を傾けただけで、事故にも盗難にも遭わず、お腹も壊さず帰ってきた。

生水を飲んではいけないのは当然としても、私は日本を出てからサラダ菜の一かけらも食べなかったのだから、病気になりようがなかったのかもしれない。しかしその時から私は自分は「途上国向き人間」だと自信を持つようになった。下らない自信だが、使いみちはある。そしてどんな下らないことでも、人間はその才能において居場所を見つける、というのは幸福なことだ。

私にとって幸福とは現世でささやかな居場所を見つけることだった。料理がうまい、ということだけでも、人間は社会で生きて行ける。この本はそういう当り前のことを書いているに過ぎない。

曽野綾子

目次

第一章　自由か、不自由か

目次

第二章 いいか、悪いか

目次

目次

第三章　幸か、不幸か

目次

第四章 幼稚か、成熟か

目次

第五章　生か、死か

第一章　自由か、不自由か

◎「悪」を選んで後悔するおもしろさ

世の中は矛盾だらけだ。だからいいことだけがいいのではない。時には悪いことも用意されていて、その中から選ぶ自由も残されていた方がいい。

少なくとも、社会の仕組みにおいては、いささかの悪さもできる部分が残されていて、人間は自由な意思の選択で悪を選んで後悔したり、最初から賢く選ばなかったりする自由があった方がいい。

「人間にとって成熟とは何か」

◎現世は矛盾そのもの

私は噂話も日常極力避ける。正義面もしたくない。

恐怖から人との接触を恐れつつ、それでも私が望み続けたのは、人を知ることだったのだから、現世は矛盾そのものなのである。

「人間関係」

◎憧れる「生活の達人」

人間の幸福と不幸は、質こそ違え、あらゆる階層の生活に遍在している。食べるものがなくて、空腹を満たせないという根源的な辛さは、貧しい生活特有のものだが、物質的に豊かでも、心が満たされていない不幸はどの生活にもある。

要はあらゆることにドギマギせず、自分の身の周辺に起きたことを、むしろしっかりと味わって、現世をおもしろがれることだろう。それができる人を、私は「生活の達人」と呼んで憧れている。

「自分流のすすめ」

◎いい方に「想定外」と悪い方の「想定外」

人生には常に想定外のことがあるものだ、と私は思っている。少なくとも私の今までの生涯は、日常の小さなことまで入れると「想定外」の連続であった。いい方に「想定外」だったこともある。しかし悪い方の「想定外」もずっしりと重くのしかかってきた。世間の人も、私と同じようなものではないかと思う。

もっとも私は最初から想定をしないこともあった。世間の秀才の男性たちは、ほとんどあらゆることを知っているように見えることに、私はいつも驚いていた。知らない、という言葉自体を使えないように見える人もいて、内心「不自由だろうなあ」と思っていた。


「揺れる大地に立って」

◎人間に大切なのは本質・精神だけ、という理由

亡くなった夫は、昔、日本大学芸術学部という所で教えていた。かれは自分の勤め先の大学を、この上なく愛していたが、それはそこで学ぶ学生が今時めずらしいほどの個性をしっかり持っている若者ばかりだったからだった。

夫の記憶に違いがなければ、の話だが、彼はある日、大学の男子トイレで、隣に立っている学生を見ると思わず言った。

「君の髪は大したもんだね」

いわゆるアフロ・ヘアで葱坊主《ねぎ》みたいだったのだそうだ。そんなことをオシッコをしながら言う教師もかなり非常識だが、学生はまた動じなかった。

「そうなんです。僕は寺に生まれたもんで、小さい時は坊主頭に刈られていたんです。大きくなって少し髪が伸びた時、生まれつきの天然パーマだってわかったんです」

それが後年の有名な写真家、篠山紀信氏であった。夫と私は仕事の上で、何度か篠山氏に撮影をしてもらったが、その間、夫は往年の学生が世界的なカメラマンになったことを心から喜んでいるようだった。

人間にとって大切なのは、本質だけ、精神だけだ。付随的なことは、すべて楽しい特徴に過ぎない。


「死生論」

◎はたして人は選択の自由を行使できているか

私が問題として眺めてみたいのは、人間はどのようにして自分の人生を決めようとしているのか、ということだ。現代は個人が選択の自由をとことん得ている時代だと見られているが、実は個人はその自由を評価してもいないし行使してもいないのではないか、と思うことがよくあるのだ。

「人間にとって成熟とは何か」

◎こうあらねばならない、という生活はしない

私は、今や、こうあらねばならない、という生活はしないことにしている。こうしたい、ということだけをひたすらするようにしているのだ。それが晩年の誠実というものかもしれない、と思っている。あと何年も生きる訳ではないのだし、現在の私はすでに他人に大きな損害を与えるような犯罪を犯す力もない。

月日というものは、過ぎ去ると、ほとんど意味を持たなくなる。今年も三月三日は気がつかないうちに過ぎていた。昔は、「今年も早目にお雛《ひな》さまを出そう」、というような意識や会話が家族の中であった。それはお雛さまが、生きている人のような存在だったからである。

お雛さまが古くなったから死んだのではない。私の心が老いて、部分的に死んだのであ

る。人形も生きている、と感じられるのは、自分の生が満ちあふれている証拠だろう。それが枯渇したから、雛人形を年に一度も出さなくて平気になったのだ。

「私日記11　いいも悪いも、すべて自分のせい」

◎好きなことのない人は一番、危険

人はめいめいが好きで得意な道を生きればいい。好きなことのない人が、実は一番危険で困るのである。

「『群れない』生き方」

◎地味に生きてこそ、その長所が見える人

人生は経過の過ごし方によって、評価が決まる。楽しいか、そうでないかで、幸不幸が決まる。話をしていて楽しい相手と過ごせる日は幸福だったのだが、気むずかしい人を相

手にいつもご機嫌をうかがっていなければならない一日は、暮れるとほっとする。しかし人の一生は、暮れるとほっとするものであってはならない。

一メートル、一秒の単位で生活を評価する人生と、長い年月の重なりを年単位で過去を味わう人と、人生の生き方はさまざまだ。私はもちろんのろのろと遅く、長い時間の経過の味を見ることに慣れている。

一秒の人生の味は私にはわからない。しかし食べものに、お酒や塩や砂糖や醬油《しょうゆ》や、時には麴《こうじ》をかけておくと味が出るように、大ていの人の性格は、周囲の状況や、時には災害などにまで遭って、初めて本当の実力が出ることさえある。

地味に生きてこそ、その長所が見える人と、瞬発力に美を見せられる人とがいる。私たちはその双方を十分に味わえる人になりたいものだが、なかなかそうはいかない。

長丁場でこそ人間力を見せられる人には「もう少しはっきり生きろ」などと文句を言い、長い人生を耐えてきた人には「あの人はいつも歯切れが悪くて……」などと陰口をきいているのが社会なのだ。

自分がせっかく長く生きてきたなら、せめてスローモーションの生き方をし続けて、世間からは能なしと言われるような人を楽しく評価できるようになりたい。人間の九十九・

九パーセントまではオリンピック選手ではないのだから、スローモーションの能なしの魅力を発見できる人になると、世界はずっと楽しくなる。

「死生論」

◎自立した生活をできるだけ続ける

昔、引退したらゆっくり遊んで暮らすのがいい、と言われた時代があったけれど、私の実感ではとんでもない話だ。「お客さま扱い」が基本の老人ホームの生活、病院の入院、すべて高齢者を急速に認知症にさせる要素だと私は思っている。要は自分で自立した生活をできるだけ続けることが、人間の暮らしの基本であり、健康法なのだ。

「人生の醍醐味」

◎生きることは動き廻《まわ》り、変化すること

よくも悪くも、人間は一時たりとも、留まったり静止したりしていない。生きることは、

動き廻《まわ》り、変化するということなのだ。

◎ものの見方をはっきりする

生き方は法を犯さない範囲で、それぞれの勝手なのだ。豪邸を作る人、ヨットに凝る人、着物道楽をする人、床屋にさえ行かない人、進歩的な（或《あ》るいは保守的な）新聞にしか執筆しない人、最後まで借家住まいをする人、定住しない人、不潔を好む人、公然と愛人との二重生活を楽しむ人、貯金の金額を楽しむ人など、言い出したらきりがない。しかしその誰もが皆作家として生きられるのである。

世間の常識では、自分の内面をさらけ出して書くような仕事は、精神的ストリップだと思われる。人前で衣服を脱いで恥ずかしいと思う人が絶対多数だが、裸体は多分神から創られた自然なもので、少しも恥ずべきものではないと感じる人もいるから、ストリップショウに出る人や、画家の裸婦のモデルになってくれる人もいるのである。私が尊敬している或《あ》る画家は、自分の娘さんをモデルにして裸婦を描いていた。要はものの見方がはっきりしていれば、それで見事なのだ。

「人間関係」

◎自由に行われる「価値観」の変換

年を取ると、すべての物を見直す事ができる。価値観の変換が自由に行われる。

「人生の持ち時間」

◎すべきこと、できることを決めた存在の力

神なんかいないと言う人は、そういう時でも、あの人が生きていますようにとは決して祈らない、ということだ。私にはそんなことはとてもできなかった。生き死にの問題ですらなく、ただ単に、その人の病状が長引いているというだけで、私は神に祈った。痛いところがあるというだけでも、その苦痛を取り除いてください、と神に頼んだ。

「苦しい時の神頼み」とはよく言ったものだ。人間はよく神と取引さえすると言われている。もしあの人の苦痛を取ってくださいましたら、病気が治りましたら、生きて帰って来てくれましたら、私はお茶を一生飲みません、甘いものを断ちます、というふうに神に報いようとするのだ、と言う。

私たちはそれもまた厳密な意味では禁じられていた。自分の利益のために、安易に神と取引をしてはいけない。誓いも立ててはならない、と戒《いまし》められているのである。

神などいるわけがない、と言う人は、人間の力だけが可能か不可能かを決めるのであって、それ以外の力が介在するわけはない、と思うのだ。しかし私はそうではなかった。私はたくさんのことを望んだ。しかし最後に私がすべきことと、できることを決めたのは、私ではない存在の力が大きい、というのが私の実感だった。

「人間にとって成熟とは何か」

◎静寂を侵されない自由

人は、自分の思考や行動を守るために、静寂を侵されない自由があると思う。世間は実に多くの考え方から成り立っている。その個人の自由を守ることは、最低の礼儀だと言っていい。

「『群れない』生き方」

◎一切、初めから諦《あきら》めればいい

相手の非を衝《つ》いて思いなおさせること。自分の行動の真意を理解させること。自分は相手のことを考えているとわからせること。そうしたことを一切、初めから諦《あきら》めることの方が私にとっては、自分の人間性を保ち、穏やかな気持で生きられることを見つけたのである。友達に誤解されることも、身内の誰かと意思が通じないことも、最初から諦めてしまえば、どうということはない。

「人間関係」

◎他人がやりたがらないことにこそ生きる道がある

私はむしろ、へそ曲がりをしていれば食える、と考えるほうです。別に大した根拠はないのですが、みんなと同じ所に向かって行くと踏み殺されるから、とにかく人が行かない方向を選ぶ、他人がやりたがらないことをすれば少しは自分の生きる道があるかもしれない、ということです。

「人間の基本」

◎自分の思いが正確に伝えられる、ということ

しばしば私はごく限られた友達の範囲で、自分の思いがほとんど正確に伝えられたのではないか、と思えた時があった。また私も、その人たちを、かなり深く理解しているのではないか、と自負して考える時もあった。それは多分この世で、そんなには見られないほど貴重な関係なのである。

それを可能にしたのは、私がその人たちを尊敬しながら好きだったからである。恋では

ないけれど、好きだった人はたくさんいたのである。　「人間関係」

◎人並みな健康は九十パーセント、親のおかげ

私の考えはまことに単純なのだ。刑務所に入りさえしなければ、私は一応の基本的な自由を手にしている、と言える。どこへ行くのも、どこに住むのも、何を食べるのも、誰と会うのも自由なのだ。これは一人の人間に与えられたすばらしい特権である。

刑務所に入らないで済んだことを誇ってはいけない、と私は思う。理由は簡単なのだ。私はまず健康だったから、耐える力が人並みにあった。人並み以上とは決して言わない。私は時々他人の仕事の話を聞きながら「これは大変だ。私にはとても務まらない」と内心で思うことが多い。ホステスさんの生活も無理だ。私は朝型で夜働くのが辛いのである。官庁の暮らしもできない。「規則でこうなっています。前例がこうです」と言わなければならない立場になったら私の心は萎縮する。

健康であることの原因の何割を親からもらったと言えばいいのだろう。私には医学的な

返事ができない。このごろは遺伝子の話ばやりだがこの傾向は嫌いではない。「こんな女に誰がした」という歌ではないが、私がこうなったのも一部は遺伝子のせいで、悪くたって責めないでよ、と言えたら便利だなあ、と考えている。しかし、もしそうとすれば、私が人並みな健康を維持していられるのは、九十パーセントまで親のおかげなのである。

「酔狂に生きる」

◎自由で解放された人生を送るために

子供も中年も読書をしなければ人間にならない。テレビやインターネットの知識と読書のもたらす知識とは全く質が違う。さらに日本語の文章を毎日書き、よく人と語らなければならない。その訓練をした人だけが将来、自由で解放された人生を送るのである。

「『群れない』生き方」

◎綿飴の中心のお箸みたいなもの

クリスチャンだと言うと「清く正しい人」と思われがちなのが、迷惑なくらいでしょうか。もっとも聞かれもしないのに、自分から信仰を打ち明けることはありません。私にとってキリスト教は、綿飴の中心のお箸みたいなもの。内側にあって人からは見えませんが、確かに自分自身の軸となっているものです。人にどう思われるかではなく、私自身の軸がぶれずにそこにあればいい。それが私にささやかな平和を与えてくれるのです。

「『与える』生き方」

◎自分でできぬことは、諦めること

特別な環境にいる人でないかぎり、私たちは原則として、自分でできぬことは諦めることを承認しているはずである。

「完本　戒老録」

◎「人に期待されない」という自由を得る

哲学者のエピクテトスが言ったことですが、「老年期こそ、実は学ぶのに最適な年月なのだ」と。退職してからの時間、さらに老年期に入ってからの時間、したいことが何でもできる自由を得ている。人に期待されないというのは自由ということでしょう。

いくらでも積極的に学べるのですから、暇つぶしをしているのは時間のむだですね。勉強する楽しさというのは、魂を満たしていくものだと思います。

「死という最後の未来」

◎一生、秘密にしておきたかったこと

こんなことは、一生人には秘密にしておきたかったのだが、私は歯が丈夫だ。しかし今は手に力が入らないから、お茶のペットボトルも開けられない。そこでちょっと人に隠して使えるのが、歯なのである。丈夫な歯で、栓の部分を挟み、軽く回すと人手を借りなくても、ボトルの栓は開く。ただしゴリラのような顔をしなくてはならない。

神様は人間のあらゆる部位を道具として与えてくださった、ということをしみじみと思う。子供の時、足でものを動かしているところを母に見つかって叱《しか》られた。しかし人間はあらゆる人体の部位を、現実に道具として使っている。指を鼻の掃除用具として、器用に使っている男性は多い。

昔から小指の先の爪を長く伸ばして、それで耳の掃除をする人はいた。美しい所作とは言えないが、無人島に漂着したら、伸びた爪は大事な道具だろう。

「死生論」

◎ひとりで遊ぶ癖をつける

一人で遊べる習慣を作ることである。

年をとると、友人も一人一人減っていく。いても、どこか体が悪くなったりして、共に遊べる人は減ってしまう。誰はいなくとも、ある日、見知らぬ町を一人で見に行くような孤独に強い人間になっていなければならない。

「完本　戒老録」

◎「身勝手」というすばらしい調節装置

今月は、十八日に、ヨハン・シュトラウスⅡ世作曲の「こうもり」を聴きに行った。音楽に詳しい女性の友人も一緒だったが「通し」で聴いたことはないという。何しろ約三時間はかかる。

この曲の重厚さを改めて知った。今まで、どこかで聴いていた有名なメロディーは、すべてここに入っている、と言いたいくらいだ。

昨日まで、いや今日の午前中までぐずぐず寝ていた私が、急に起き上がって音楽会に行く。「体力あるの?」と訊《き》かれても当然だが、人間には身勝手というすばらしい調節装置があるので、行きたければ行けるのである。世間には、いつも寝ていて行きたい時だけ行くのはけしからん、と言う人がいるが、行きたくなければいつでも行かない、行きたければ必ず行ける、というのが極めて人間らしいことなのだ。

「私日記11　いいも悪いも、すべて自分のせい」

◎「自由」に憧《あこが》れ、離婚した人

何げなく歩いている夫婦を見ても、あの人たちは二人だからいい、と思う。その息子という人の話によれば、かつて離婚しなかった頃の母は、ひたすら自由に憧《あこが》れていた。しかし、一人になってしまえば、自分がやっとの思いで得た幸福はただ、不満の種になるだけであった。

憎しみさえも、時には淋しさよりいいということになるのだろうか。このへんのところを、人間はあらかじめ予測することは不可能なのであろうか。

望んで離婚して一人になったのなら、年とった夫婦を見ても、「ああ、あのひとは、年とってまだ夫《ひと》の面倒をみてる。大変だなあ。その点、私は何と楽だろう」と思えなければ意味がないのである。

「完本　戒老録」

◎人力では及ばない運命の開け方がある

人間は自分の選択とは別に、男女どちらかの性を受けて生まれ、親の仕事によって、居住地も決まる。それはいわば、神仏が命じた生き方で、当人の責任ではない。私は神仏とお話ししたことはないのだが、自分の一生の受容は、個人の素質と運命に殉じることの自然さから始まる、と思う。最初から、神仏の部分を当てにするのも間違いだが、人力では及ばない運命の開け方があるのも本当だ。

「死生論」

◎追いつめられる子供の心理

九月一日の新学期になると、子供の自殺者が出るという。恐らく四月の初めにも、数の上では違っても、似たような傾向は出ているのかもしれない。

私にはその気持ちがよくわかる。もちろん人によって心はさまざまだから、私がすべての子供の新学期自殺者の心理を代弁することはできない。

私は小学校一年生になって、初めて教室に入れられた時、火がついたように泣いた。おかしな子がいるものだ、と世間は思い、母は困り果てたことだろう。

私は自分の泣いた理由を説明できなかったし、世間にも誰一人として私の心理を代弁してくれる人はいなかった。私はその年頃で既《すで》に閉所恐怖症だったのである。

教室の戸が閉じられて、付き添いの母たちも出て行くと、私は恐怖で呼吸困難になった。自分が檻《おり》にとらわれた野獣のような気分になった。現実には窓も開いているし、トイレに行きたいと言えば、先生はすぐに出してくれただろう。しかし私は閉じ込められたと感じ、それだけで現実に呼吸ができにくくなったのだ。恐怖症は理性的判断では調整できない。

私がこういう恐怖症を持ったきっかけははっきりわかっている。まだ幼稚園に上がる前に、母にお仕置きされて、物置に閉じ込められたのである。私はほとんど戸を壊さんばかりに泣き暴れた。息ができない、と感じたからである。

小学校一年生の時の「泣き虫」は多分一週間ほどで、目立たない程度になった。私は高校生になると精神分析学の本を読み、自分の心理的成長過程の傷を自分で推測するようになった。他にも私の心は「満身創痍《そうい》」だった。その自覚があったから、逆に私は警察沙汰になるようなことをしないで済んだのだし、小説を書くようにもなったのである。

学校は、私のような歪《ゆが》んだ心理の子供にとっては、刑務所と同じ、拘禁される場所である。現実にはそうではないのだが、当人にとってはそう感じられる。

「学校なんか行かなくてもいいんだよ」とその時、一言言ってくれる大人が周囲にいたら、子供は決して追い詰められて自殺するような気分にならなくて済むだろう。それほど、ある種の子供にとっては、強制的に一つの空間に入れられ、ドアを閉められることが、怖いのである。現実のドアだけではない。後年私が、社会主義国家を嫌悪したのも、思想の自由と、出国の自由を認めない国家は、どんなに広大でも、そこは閉所として感じられたからである。

「死生論」

◎不意のお客の来訪

午後から不意のお客さまが来られる由《よし》。不意というのはすばらしい出会い。慌《あわ》てて庭のほうれん草を摘んだ。バターいためにするためである。橙《だいだい》も今日のために一個木に残っていた。

「私日記2　現し世の深い音」

◎数歩いても痛い脚の原因

実は私自身の脚の痛さがよくなっていない。とにかく数歩歩いても痛いのだから、少し辛いのである。それで原因がわからないと、根本的な治療もできないというので、生まれて初めて私は朱門の入院中にＭＲＩなるものを撮りに行った。変なお茶筒のような所に入れられて閉所恐怖症になるなどと言われていたが、別にそんなこともなかった。結果は脊《せき》柱管狭窄症《ちゅうかんきょうさくしょう》だという。この病気は私の長年付き合って来た人の中にも数人いる。重い道具を担いで歩いていた仲のいいカメラマンも同じ病気だ。長年生きて来て、六十三年も書き続けていれば、背骨くらい少しは変形するだろう、と私は思い、これは深く弄《いじ》らない方がいい、姑息な手段でやり過ごそう、どうせあと数年しか生きないのだから、と迷うことはなかった。歩くのが痛いだけで、私は年の割りに、他の不便がない。

うっかり手術などすると、脚のしびれや頻尿になる人などがいると聞いて、私は怖じけづいた。私が気楽にアフリカなどに行けるのも、こういう健康上の不自由がないからなのである。だからこのまま生きたい、と思っている。

「私日記10　人生すべて道半ば」

◎転んでも、うまくいけばいい

脊柱管狭窄症の痛さをごまかすために、毎週、麻酔のドクターに注射を受けているが、注射後も、私はすぐ立って歩けるような気がしていた。事実歩けるのだが、やはり下手な歩き方をしていたのだろう。ある日庭で転んだ。

もっとも転んだのは、注射の翌日だから、直接関係はないと思うのだが、こういう事故を起こす時……というか、まさに事故の最中の自分の眼に映る光景を、私は比較的よく覚えている。

マダガスカルの修道院の階段から十段近く落ちた時は、空が真上に来た時の光もよく見ていた。石の床に頭をぶつけて、ほんの数秒、意識がなくなった。近くにいた人は、私が死んだと思ったのだそうだから、心配をかけてしまったわけだ。

その、ほんの一、二秒の間、不安もない。後悔もない。ふんわりと私は宙を飛んでいた。死ぬのも大したことはないだろう、という感じだった。今回は、「あ、また姿勢を立て直せなかった!」と思いながら倒れた。私の両足首は生まれつき出来が悪い上に、両方とも骨折をして、「接《つ》ぎ直して」いただいているのだから、こういう事故が起きるのだろう。

芝生の上に倒れる時、私は左の頭を打った。暫《しばら》くじっとしていよう、私は冷静な性格だから……と私はしょったことを考えていた。地面のショックというものは、思いのほか、柔らかだった。

頭をぶつけても、少しの間静かにしていることで、災害が少し軽度で済むかもしれない、と私は考えて、寝たまま青空を眺めていた。

すばらしい角度だった。視覚一杯と言いたかったが、我が家の古い軒先が少し遮《さえぎ》っているだけで、後は、広々とした蒼穹《そうきゅう》が眼の真ん前に開けていた。どうしてこんなすばらしい景色が自分の庭で見えるのに、私は今まで眺めようとしなかったのだろうか、と私は自問していた。それにしてもこの無様な姿を、家の誰にも見られていなかったのは、幸いだった。

しばらくして、私はふと、泥だらけになった私の髪の毛のすぐ傍に、春菊の畑があるのに気がついた。畑と言っても、春菊の部分は、畳一畳ほどの、小さな家庭菜園である。朱門がいなくなってからは、やはり野菜の消費量も何となく減って、野菜はしばしば生産過剰だ。

今晩はこの伸びすぎた春菊のおひたしを食べよう、と私は思った。その分の青菜を、今は寝たままの姿勢で採れる。徒長《とちょう》した株を引き抜くか、伸び過ぎた部分だけを折ればいいのだ。

私は生まれて初めての「寝たまま農業」をやった。寝たままやれることに感動した。安全無比だ。これ以上転ぶことはない、まともに菜っ葉を採ろうとしたら、改めて台所まで行って、笊《ざる》を持って畑に戻ることになる。そのほんの数メートルの間に、私はまた足元の不確かなサンダルを突っかけて、転ぶことにもなりかねない。

私は実母が、晩年、寝たままお針をしていたことを思い出した。家族も友人も、「それは危ないでしょう、針が布団にまぎれこんだら、おおごとよ」と言ったのだが、母は「そんな無様なことはしませんよ」と自信ありげだった。そして事実、生涯事故は起こさずに、八十九歳まで簡単なものを縫っていた。

寝たままお針に対して、私は寝たまま農業、だ。しかしどんなやり方でも、つまりうまく行けばいい、と我が家の住人はいつも考える性格なのだ。しかしこれだから、有能な官吏や、華道茶道などの達人にはなれない。泥だらけの春菊の束をもって、書斎に帰って、私は照れ隠しもあって、愚痴を言った。

「昨日、髪を洗ったばかりなのよ。それなのに、泥だらけにしちゃった」

◎喪中のお正月の暮らし方

新年は皆が「我が家は喪中」だと言う。

喪中のお正月はどう暮らすべきなのか。私は全く無知である。第一、亡くなった朱門に、新年は、「喪中にします」と言ったら「何でそんな景気の悪いことするんだ」と当人が言うだろうと思う。私は何もかも朱門の生きていたときと同じに過ごしている。将来もそうしたい。喪中でなくても、私はもうずっと以前から普通のお正月飾りをしなくなった。その代わり三戸浜の庭で採れる大きなザボン（熊本では晩白柚《ばんぺいゆ》という）を一個、リボンや水引で飾る。お供え餅の代わりなのだが、今年も我が家はこんな収穫をいただきました、と神に感謝する気持ちもある。

「私日記11　いいも悪いも、すべて自分のせい」

◎外食──もうひとつの効用

女性は──私をも含めて──食事の支度をしたくない。だからたまに、お手軽な食堂でご飯を食べられるとなると、嬉しくて生き生きしている。外食はおいしい、と決めている人もいるが、現実にはお店を出る時、意外とまずかった料理に夫婦で苦り切った顔をしている人たちもいる。

私も外食は好きだ。何より手がかからないし、最近流行のブッフェなどに行くと、そんなに食べたくなくても一口取って味わってみる、という強欲さは残っている。どういう料理なのだろう。うちよりおいしいか、まずいか。この第二の点に関しては極めて、あやしいものである。「うちの料理」の方がおいしいと思うのは、普通は主婦が自分の好きなように味つけしているからである。

或る女性が私にこっそり言った。

「私たち女ってずるいと思いません?」

「思いますけど、どうして?」

「だって大体において一生、自分の食べたいと思うものを食べてきたんですよ。味だって、主菜だって……」

　彼女に言わせると、夕方買い出しに行く前に形ばかり夫に訊く。

「今晩は、何食べたい？」

「そうだな。時季だし、サンマでもあれば……」

「わかったわ」

　と言いながら、妻の方は実は魚は食べたくない、と思っている。だからマーケットでは真っ直ぐ肉売り場に行き、ハンバーグ用の挽き肉を買う。そして帰って来ると、大した罪悪感もなく、

「今日のサンマはよくなかったの。ぐったりしているんですもの。明日にでも、いいのが入っている時に買って来るわね」

　と言う。

「うん。いつでもいいよ。サンマは時季だしね……」

　と気の毒な夫はまだ少し心残りである。

　好き勝手ができるのは女性だと書こうとしたが、そんなことを言うと、また読者から叱られそうだ。

「予算がありますからね。食べたいものを食べる、というわけにもいきませんよ」

「それはそうです」

私にだって何度も覚えがある。値段のせいで買いたいものを買わずに、他のものでごまかすのである。お財布の中にお金がないわけではないのだが、どうも納得ができないのである。

そんなにして暮らしているので、たまの外食は女性にとって嬉しい。たとえファミレスと呼ばれる慎ましやかな店でも、坐《すわ》ればアイスウォーターが運ばれてくる。そして何を食べようか選ぶだけで心が弾み、夫のオーダーしたお皿から一切れ取って味わうこともできる。

そんなことで、心が和らぐのだから、月に一、二回、どこでもいいから外食の日を決めればいいのにと私は思う。その時はお財布を妻に預ける。高い店で高いものを取ろうが、妻の勝手だ。

外食の効用は、食べ終わってその店を出る時にある。

おいしくてよかった、と思う時もあるが、50%くらいの確率で、値段の割に大した料理ではなかった、と思う。この失望感も大切なのだ。

その時、妻はその家庭にとって「最高の料理人《シェフ》」になるのだから。

「自分流のすすめ」

◎病気になっても診察を受けない理由

老世代の特徴は、診察を受けるためにでも「外出」するのが大変なことだ。だから在宅医療は必須のものだろう。ついでに書いておくが、私は最近、病気になっても、診察を受けないことに決めた。痛みは止めてほしい。高熱は辛《つら》いから下げてほしい。これらの場合には薬をもらう。しかし病名をはっきりさせるための検査は何もしないことにした。すると、恐ろしく気が楽になった。

「私日記11　いいも悪いも、すべて自分のせい」

◎分かち合って暮らしても、減らないもの

わが家はもうほぼ築五十年になる古家だが、お隣は最近建てられたすばらしいお宅なの

で、庭にも楽しい木を植えられた。今年、初めてみごとに咲いた桜は、私の寝室の窓から実によく見える。私が最高の角度からそれを眺めているようで申しわけない。

分かち合って暮らしても、全く減らないものがある。愛、好意、尊敬などである。それらを最大限に享受して暮らす生活と、相手の短所を言い合って憎しみをかき立てる生き方とどちらが豊かかを、しみじみ思うと答えは明白である。

「人は怖くて嘘をつく」

◎自分をどう位置づけるか

私は昔から身なりをかまうのが面倒くさくて、「これでいいや、人は他人のことなんかあんまり見てないものだから」と思うことにしていた。多くの場合、それがほんとうだったが、時々、とにかく相手の服装しか見ていない女性に会うと、その時だけは、少し考えを改めるべきかと思うこともあった。

私のように人からよく見られることを、あまり意味がないという理由だけで放棄するのもいけないのだが、自分はたった一人、後はすべて他人という社会の中で、自分をどう位置づけていくかということは、実にむずかしいことである。
いつも自分は美しくて重要人物で、世間も自分に深く関心を持ってくれるだろう、などと思うのもうっとうしい姿勢だが、自分はどう振る舞っても不作法をしても、世間はそんなことは見てもいないだろう、とするのも、怠惰すぎる話かもしれない。

「人間関係」

◎服は自分の存在感をはっきり示すためのもの

美しいものを追求するのに西欧人は他人に遠慮しない。他人の眼を気にしない、と言いたいところだが、他人の眼に自分はきれいだと見えるために装うのである。
着る人自身が美しいことはもちろん願わしいが、私たち全員がそれに該当するとは限らない。その場合、他のもので補完するのだ。姿勢がいいこと、会話が楽しいこと、人をいたわることを知っていること、教養があること、見るからに明るい人であること、おしゃれの心を常に持っていること、そのほか何でもいい。自分は人とはちがうという存在感をはっきりさせるために努力する。そのための服である。

「人間にとって成熟とは何か」

◎お金がからまない——人間関係の基本

私たち夫婦は、すべて自分のできる範囲で暮らして来た。誰からもお金をもらいもせず借りたこともなかったが、周囲の好意だけは豊かに与えられたという実感がある。金銭から解放されるということは、人間関係の基本であった。お金がからまないからこそ、私の周囲には、呆気にとられるような率直さで会話をすることができる友人がたくさん集った。

「人間関係」

◎いささか困った性格が出る時

私は麻雀《マージャン》でも、ルーレットでも、スポーツ全般でも、決して嫌わない方だが、それらのものは、どんな遊び方にも、その人の個性が出るからである。「せこい人」「ルーズな人」「けちん坊」「理屈をこねる人」「規則が大好きな人」「自分は秀才だと信じている人」どれもいささか困った性格だが、それでも麻雀の手に、その人の性格が出ていれば、けっこうおもしろがっていられる。

◎母が私にさせた辛くて汚い仕事

中学生になると、母は私に当時の浄化槽の始末までさせた。戦争中はそうした処理をする人たちも兵隊に取られて減ってしまっていたのである。私の家には少し庭があったので、当時の農家と同じように（終戦の前後は肥料も不足していたので、農家で浄化槽を汲ませてください、と言って来るうちさえあったが）時々トイレの中の汚物を汲み取って庭に掘ってある穴に棄《す》てていた。その頃の東京の郊外の家には少し庭があったから、母はその数箇所に深い穴を掘ってもらっておき、汚物を入れるとすぐ土をかけていた。そうすればその処理された汚物は庭の木の肥料になるだけで、蠅《はえ》にもたかられず臭いの心配もなかったのである。母はその作業の手伝いまで私にさせた。

子供のときから、一番辛くて汚い仕事を私にさせる意図を持っていたようである。するとその子は、将来どんな職業についても恐怖を感じることがなくて済む。

◎母と息子は、適当な時に別れなければならない

　人は誰でも、生まれた家庭環境に、なにがしかの深い屈折した感情を持っている。父を尊敬し、母を愛し、兄を慕い、姉を大切に思い、という家庭もないではないだろうが、まじめでそう言う人がいたら、どことなく嘘《うそ》臭く感じてしまうのは、私が歪んだ家庭に育ったからかもしれない。

　人はたいていの場合、どちらかにか偏《かたよ》ってうまくいかない。母を敬愛するあまり、結婚できなかった息子もいる。父が偉大なあまり萎縮して伸びなかった息子も珍しくない。母と女を張り合って傷ついた娘もいれば、兄に理想の男を見て終生夫を愛せなかった女も数人知っている。しかし健全な多くの妹は、兄みたいな人と結婚する奇特な女の人がいるんだろうか、と思い、多くの男は、あの姉をもらってくれる男というのは、さぞかし騙《だま》されてるんだろう、と思う。

私の母は、一人娘の私と、一生一緒に住むものだ、と一人で決めている人だった。私の結婚相手が寛大な性格で「まあ、それもいいだろう」ということで済んできたからいいようなものの、私は時々母の独占欲に辟易《へきえき》することもあった。既に少し惚《ぼ》けかかっていたのかもしれないが、娘を「私物化」することに少しも遠慮しなかった母は、旅先まで私を追いかけ、私が講演中だと言うのに、「ちょっとですから電話口に呼び出してください」と言ったこともあった。

その反動で、私は息子を自由にしてやることが第一の義務だと思うようになった。私は女だから、母に取りつかれても、まあ何ということはない。しかし息子が母親の束縛に遇《あ》うことほど気の毒なことはない。母と息子は、適当な時に別れなければならない。私はそのことを、息子が小さいうちから、いつも心に銘じ続けた。母との生活の体験が、私にそう決意させていたのである。

「中年以後」

◎できそこないの野菜にも独特の味がある

どんなできそこないの野菜にも独特の味がある。その味を引き出せば立派に存在の意味がある。そのくずのような端っこでもスープに加えれば、オーケストラの楽器のように、独特の味を出す。

「人生の醍醐味」

◎人に理解されることなど、ありえない

余生というものを少しでもわかる年になって、初めて自分の眼もしっかりと落ちついてあたりを見回せるのである。もしその人が、実際の視力ではなく、洞察力においていい視力を持っているなら、四十、五十くらいになるまでに、人生の天国も地獄も一応は「取り揃えて」見た、という実感を持っているはずだ。幼時に既に地獄を見たと思った人もいるだろうが、地獄も天国も長く続くものではない。するとまた、違う地獄と違う天国が見えてくることになる。だから退屈することもなければ、結論が出ることもない。

余生の感覚ができると、あまりむきにならない。人間努力しても、思う通りにはならないことも知るようになっている。少しさぼっていても思いがけず幸運が転がりこむ狡《ずる》さを知るようになる。人があなたの才能です、あなたの功績です、と言ってくれても、内実はずいぶんいい加減な運でそうなったこともあるのだ。それらをすべて自覚している。
そう思えると、人に誤解されても、褒《ほ》められても、貶《けな》されても、あまりむきにならない。もともと、人に正確に理解されることなど、あり得ないのだ、としみじみ思えるような年にもなっているのである。

「中年以後」

◎ただ静かに遠ざかればいい

怒り、ののしることとは、自分を受け入れられなくなることに対する八つ当たりだと自戒したい。関係のない人やものに対しては、怒ることも、ののしることも必要でなく、どうしても関心や同感がもてなかったら、ただ静かに遠ざかればいい。

「完本　戒老録」

◎すべての人間はその人生の連鎖の外に出られない

私はいつも思う。かつて地球が生成してから、どれだけの数の人間が生まれたか知らないのだが、そのすべての人が死んだ。だから地球のすべての土地が、多分誰かの埋葬の地なのである。私たちは死者の墓の上に生まれ、そこで育てられ、そこで終焉の時を迎える。それ以外の運命を生きる人はいない。

「私は一人ぼっちだった」

「私は見捨てられていた」

という人もいる。しかし実はそんな人はいない。すべての人間は、誰かに愛されたから生まれ、誰かと繋《つな》がることで育ち、誰かに導かれてこの世を去る。その連鎖の外に出ることはできないのだ。

「人間の愚かさについて」

◎だからこそ、希望と未来を持ち続けられる

私は、人生の成功・不成功について時々考える。総理大臣になるのがいいのか、日本一の富豪になるのがいいのか、私には他人の好みは計りかねるが、最大の成功は、自分と他人を殺さないことだろう。なぜなら、人生の意義の第一は、与えられた生活を文字通り全うすることで、その長さや質を自分で決めてはいけないものなのである。それは思い上がりというものだ。

自分は何の役にもたたない老人だと思いこんでいても、最後のひそかな数日に他者を助けて死んだ人もいる。つまり人間には、何も見えていないのだ。

それでいい。それだからこそ、人は働けるのだし、何歳になっても希望と未来を持ち続けていられるのである。

「死生論」

◎人間は最後まで不完全であるのが自然

人間は最後まで不完全である。それでいいのだろう。自分が完全だと思っている人なんて、恐ろしくて付き合う気にもならない。しかし、自信がないままに生涯を終わるということはほんとうに自然である。私はその人並みな自由を享受して、感謝して死にたいのである。

「完本　戒老録」

第二章　いいか、悪いか

◎自分の容貌の衰えを他人は気にしていない

若い時、美人だったという人に多いようだが、更年期を過ぎて美貌の衰えを感じると、急に気落ちしてしまう人がある。よく四十を過ぎたら、自分の顔に責任を持たねばならない、というのがあるが、私はあの説に反対である。人間は自分の顔にほとんど責任を持たなくていい。もちろん憎しみや羨《うらや》みの感情は人をとげとげしくするから、それがなくなると人間は和《なご》んだ表情を見せるようになる。しかし人間は一時期、とげとげしくならねばならぬ時もあり、すさんだ表情にならざるを得ない状態にも追いこまれる。人間の顔は美しくてもみごとだが、醜くてもみごとである。しかし、そういうふうに、一つの境地に到達すると、多分、人はいい顔を見せるようになるはずである。

「完本　戒老録」

◎人間の計算や配慮を超えた「運命」のなりゆき

年をとるに従って、私は次第に、人間の計算や配慮を超えた運命のなりゆきを、おもしろく思うようになった。人間は誰でも未来を計算する。そしてそういう配慮があるから、自分は生き抜いてきたのだ、それが人間の知恵だと考える。

しかしほんとうに人間を救ってきたのは、人間の小賢《こざか》しい配慮を超えた、何か別の予定調和であるような気がする。それを神の業《わざ》と考える人もいるし、「偶然だ、おれは運がよかったんだ」と言う人もいるわけだ。

高齢の私は間もなく人生を終えるわけだが、その最後の瞬間に、これらのことが明瞭に見えないか、と期待する面がなくもない。

人間として生まれたかった魂は他にも数限りなくあって、「私」はその中の途方もなく幸運な一人だった、という説を読んだことがあるが、そうした現世に生きているうちにはわからなかったからくりが、生死の境目に一瞬にせよ明確に見えたら、それはまた途方もないドラマに立ち会えることになるだろう。私は現世の一部を味わって生きた。しかし真実の意味は、少しもわかっていなかったとも思えるのである。

「死生論」

◎「自分には何のいいこともなかった」と言う人

私には何のいいこともなかった、と言う人もいるかもしれない。しかし、この世で、まったく何のいいこともなかったという人はまれなのである。

どのような境遇の中でも、心を開けば必ず何かしら感動することはある。それを丹念に拾い上げ、味わい、そして多くを望まなければ、これを味わっただけでまあ、生まれないよりはましだった、と思えるものである。

「完本　戒老録」

◎「納得」と「諦《あきら》め」がいかに大切か

身勝手、という態度がいいというわけではない。しかし、自分の生き方は本質的にも最終的にも、自分で決める他はない。誰もその責任を負えないのだ。いいから決めたというだけでもない。仕方なく決めた、という場合も多い。しかしそれが人間の人生というものだ。いいも悪いも、人生は一度しか試せないのだから、いたしかたないのだ。

そう思うと、いいことが二つだけあった。

自分の人生をどうにか納得できる、のと、何とか諦《あきら》められる、のとの二つの操作が可能になったのである。しかしこれは実は非常に大切なものなのであった。多くの人の不幸は、この二点に到達していないから、摩擦が深まるのである。

「想定外の老年」

◎諦めるとすれば……選ぶべくもない選択

人はよく選ぶべくもない選択を自分に試みることがある。もし眼か耳かどちらか一方を失わねばならないとしたらどちらを諦めるか、ということである。ある病院の看護婦さんが、「私は耳鼻科も眼科も勤務したけど、やっぱり視力を失った患者さんの方がかわいそうね」

と話していられたところを見ると、多分そうなのだろうと思う。しかし私はこととこまで来ると、自分はどちらを選ぶべきか、かえってわからなくなった。私はあれほどに渇望していた視力を得るとする。その代り急に私の耳から、友人たちとのあのテンポの早い、闊達《かったつ》な、ユーモアと機智に溢《あふ》れた会話が奪われるというなら、私はそんな孤独には耐えられそうになかった。眼はもともと悪かったのだから、諦めるとすれば、私にとっては眼を捨てる方が自然だと思えそうであった。耳は聞えて声が出なければどうだろう。嗅覚が失われたら……そのどれもがいかに人間の心を部分的に閉ざすか、私にはよくわかった。

「贈られた眼の記録」

◎悪い方、悪い方へと考える能力が必要

人間には、悲観する、つまり悪い方へ、悪い方へと考える能力が必要です。綺麗《きれい》な湖、美しい入り江を眺めながらでも、彼方《かなた》に見える火山が噴火するかもしれない、津波が来たらどこまで水位が上がるだろうか、いつでもそう想像してみることです。

「人間の基本」

◎たかが知れている人間の「悪」

人間の悪に、ランクや評価付をするのではないが、世の中の姿を見ていると、人間のなしうる「悪」というものは、たかが知れている、と私は感じていた。アダムとエバか誰か知らないが、既《すで》に私たちより前に生きた人たちが、あらゆる罪の形を、大体のところ集大成して見せてくれたようなのだ。

「人間関係」

◎「思い上がり」に気づかない人々

自分の未来を諦めたり、自殺したりして結論を出そうとするのは思い上がりで、人間の誰もが最後の日まで意外な運命の展開を持っているらしい。

長寿に意味があるとすれば、人知では運命は計れないということを体験している知恵者が世間にふえることだろう。そういう人たちの話を聞くことは、今でも実に楽しいものだ。

自分の予測通り、運命を操れたという身上話を聞くのは、自分はものを知っているので、こういうふうにして金を儲《もう》けたのだ、という金持ちの自慢話を聞くのと同じくらい虚《むな》しいものである。

「死生論」

◎上品な人間性と下品な心情

私は子供に二重人格を望んだわけではない。しかし私の好みとして、あらゆる状況で生きていける複雑な心情の人にはなってほしかった。お金があってもなくても、それ相応に生きる術《すべ》を心得ていて、自分らしい人生を送れることが望ましい。上品な人間性と下品な心情の双方を深く理解できる人がいい。健康な時にも思い上がらず、病気になっても落ち込まないことができたら最高である。なぜなら、私もそうだが、一人の人間の中には、必ず相対する二つ以上の資質が存在するものだからである。

「私の漂流記」

◎その人の資質を伸ばすもの

貧乏も、病気も、家庭の不幸も、天災も、すべてその人の資質を伸ばすのには役に立つ。経済的に安定した平和な家庭で、穏やかに成長することの方がいいに決まっているが、必ずしも順調を羨むこともない。

「死生論」

◎人間は健康と病気と込みで生きている

聖母マリアの奇跡を希《ねが》って、町中に病人が溢れているフランスのルルドという町のことについて少し触《ふ》れる。人間は、健康と病気と込みで人生を生きていることをこの町は感じさせる。ヒポクラテスも書いている。

「賢い人間は健康を最も大きい祝福と考え、病気は思考において有益なことを考える時だ、と知らねばならない」。

「私日記1　運命は均される」

◎「なそうとしてもならなかった」ことばかり

私は世の中の天才の話を聞くのが好きだ。理由は二つある。単純に「エライなあ」「すごいなあ」と感動するためである。

しかしその直後に、いささか「意図的な感嘆」を期待する面がなくもないからおもしろいのだ。

世間は時々「人生は努力次第」のようなことを言う。「なせばなる」などというのもあった。

一九六四年のオリンピックの時、大松監督率いる女子バレーボールチームが勝った時、世間全体がこの言葉を大合唱したので、私は嫌になった。私はそれまでの人生で「なそうとしてもならなかった」ことだらけだったのである。天才の論理は凡人には通じない。凡人から見たら天才は異人種、火星人みたいな存在だ。だから素直に憧れをもって見ていればいい。しかし生き方の手本にされるのは困る。

「私日記11　いいも悪いも、すべて自分のせい」

◎欠点は使い方次第で強固な才能になる

私の周囲には、自分を客観的に見る姿勢、それを社会の中で戯画化する能力、同時にそれによって社会の中の自分の立ち位置を見極めることができる、すばらしい感覚の持ち主が多い。

多くの場合、欠点と思われる特性は、それを意識して使えば、必ず強固な才能だ。簡単な論理である。人の持っていない特質なのだから、必ず使い道がある。

世間では、「のろま」などという言葉で、望ましくない欠点だと思われる性格を持っている人がいる。何をやらせても、早くできない。走れ、と命じられてもゆっくり歩いている。しかしこういう才能が、危機にあっても生き延びる可能性がある。慌てて人の行く方向に逃げて、群衆に踏み倒されたり、火事の現場なら煙に巻かれたりすることなく、最後の瞬間まで自分の行動を見極めているからである。

この手の才能は、学校も教えてくれない。親もしつけない。まさに独学だけが可能な世界である。だから私たちは、子供をうまく学校秀才に仕立てられなくても、最後の最後まで子供が持っている素質に期待することができる。

「死生論」

◎「始末のいい親」とは

常識というものを実は私はあまり信じていないのだが、世間の多くに通用する話、ということになると常識の出番のような気もするのである。つまり、警察に逮捕されるような悪もせず、ほどほどに暮らして自分の生活のすべてを子供にオンブすることを当てにするような親でない限り、世間のレベルから考えても「始末のいい親」を持ったものだと感謝すべきなのかもしれない。そして、そういう親に対しては、子供はそれなりに、感謝の表現をしても当然なようにも思う。

「完本　戒老録」

◎意識せずに罪のない誰かを血祭りにあげる心理

わたしたちは、自分では意識せずに、悪いことをしてしまう場合がけっこうあります。たとえば、誰かの悪い噂を聞いて、みんなでいっしょになってその人を攻撃する、といったことです。

その悪い噂というのが、実はいわれのないものであっても、「みんなが悪いと言うのだから、悪いに決まっている」と思い込んでしまうのでしょう。そういう人が爆発的に増えると、罪のない誰かを血祭りにあげる、というようなことが起こります。たとえ悪い噂が本当であっても、みんなで寄ってたかって叩き潰すことは、私刑になります。

「幸せは弱さにある」

◎「道徳」とは謙虚な知恵

「道徳」とは、単なるお説教ではないのだ。人間関係を、最低限あまりこんがらかせずにやっていくための謙虚な知恵なのである。

「『群れない』生き方」

◎「偉大な常識」というものへの評価

常識というものを侮蔑《ぶべつ》する芸術家は多い。それが何となく、個性的な作家の条件と思うのだろうが、私は「偉大な常識」というものを評価している。常に常識に盲目的に従うのではないが、いつも心で普遍的な人間性を表す基準的な何かがあると考えてもいいのである。

「人間にとって成熟とは何か」

◎常識に従えるのは「自分」があるから

世の中の常識というものは、自分があるからこそ認められるのです。自分と常識とが違っていることを十分に分かっているからそれに従える。大勢の人が言うことだから価値があって正しいと考えるのは間違っています。この二つは似ているようで全く違っていて、自分自身に錘《おもり》がついていないと、水面を流される浮草と同じになってしまいます。

「人間の基本」

◎人間は、いい意味で怠け者

平和も反戦も、デモや署名活動やシュプレヒコールで手にできるものではない。私の頭は素朴なので、平和は、誰もが食べられて、家族が一緒に住め、病気の時治療の方法があるようにしておくことだと思っている。その基本的な人間の望みを叶えるために、私もこの数十年、小さな外国援助をやってきたのだが、人間は、食べられて、大して暑くも寒くもなく眠れて、子供を安全に学校へ送ることができ、日常生活で誰かに襲われるようなこともなく暮らせれば、あまり闘争的な気質も持たないものである。人間は、いい意味で怠け者だ、と私は思っている。

少しだけいいことがあれば、人間の心は和《なご》む。ちょっとの便利さや楽しみの公平な配分、食べ物の分かち合いができ、少量の薬、教育を受けられる可能性、などが手に入れば、人間は十分幸せになる。その原則を忘れずにいることは簡単なようだが、それが行われていないから、心の摩擦が起こり、大きな問題に発展することもある。

「死生論」

◎人間関係で老化の進み具合がわかる

年寄りになると、誰それは私の心をわかっているとか、誰それは私の味方だとか、幼稚な表現をするようになる。気の合った仲というのはあるが、それは相手が正しい人だから好くのではない。なんとなく物の感じ方、おろかしさ、性質、趣味などが似ているから仲よしになるのである。味方だから受け入れ、自分を非難するようになったら拒否する、という形に思考形態が変わってきたら、老化がかなり進んでいると、みずから自覚したい。

「完本　戒老録」

◎そのものの生命を使い切る

日本伝来の古い家屋に、五十年以上住んでいると、おかしな計算をするようになる。

普通日本の木造の町屋は、築二十年でだめになると言われている、と教えてくれた人がいる。それを私の家族は、もう倍以上住んだのだから、家屋の命を有効に使い切ったと言えると私は思うのだが、後は惰性で十年くらいは保つかな、と更に慎《つつ》ましい計画を立てていた。私は生来けちな性分だったのだろう。そのものの生命を使い切るのが、存在に対する尊敬と敬意の表れのように感じている。

亡くなった母の話では、五十年前に建てた時だって、この家は以前に住んでいた家屋を、崩して移築したものだった。

それに、あと十数年保ってくれれば、どんなに長寿でも私も死ぬだろうから、古家は惜しげもなく引き倒し、更地にして新しい時代の、新しい住人の新規な仕事の目的に使う方がいい、と私は思う。

「死生論」

◎嘘をつき通すことのむずかしさ

誰それがどう言った、実はこうだった、という話は通俗的な興味で世間の話題になることはわかるが、通常私たちにとってむずかしいのは、嘘をつき通すことである。

推理小説作家は頭がよくて、筋の伏線をよく配備し、そういえばあの犯人の影は「あの場面にもあった」と思い当たるように話を組み立てている。

しかし、素人のわれわれが、ある事実をごまかすために話を作ろうとすると、大体の場合、どこかで不備を残し、すぐ尻尾を出すような言いわけしかできない。

だから正直がいい。ほんとうの話をすることくらい楽なことはない。しかし人間は、よく嘘をつく動物らしい。人に対して嘘をつくだけでなく、自分に対しても嘘をつく。人のことはすぐ悪口を言うが、自分のことはなかなか見捨てない。　「死生論」

◎穏やかだが、時に荒れ狂う人もいる

私の初航海が何月だったのか、はっきり記憶にないのだが、海が極めて穏やかだったところをみると、夏場だったのであろう。太平洋は夏と冬とでは全く違う顔を見せるのだと人はいう。夏は穏やかにレジャー向きの表情を見せる太平洋も、冬は高波が荒れ狂い、マストより高い水の壁が押し寄せるという。人間にもこの程度に性格の落差の激しい人がいるのだ。とにかく、この航海で穏やかな海は、初心者の私をかばってくれたような気がす

る。

「私の漂流記」

◎人間は誰でも失敗を犯す

人間の犯す失敗は、その過程を見極め、次回への戒めとすることを前提に許してほしいと私は願っている。

「私日記1　運命は均される」

◎人は皆、ほどほどの生き方をしている

人は皆ほどほどの生き方をしている。身勝手なような人も意外と他者のことも心に留めている。社会正義は誰でも好きなのだが、それも時と場合と程度によって簡単には決められないと密かに考えて悩んでいる。

「人間にとって成熟とは何か」

◎「変化」を敢然と生きて見せる勇気

その中の雑誌の一つに、ニュースとして、映画『007』シリーズですっかり私もファンになったショーン・コネリーが、先ごろ「騎士《ナイト》」の称号を受けた話が出ていた。

この人は若い時は細身ですばらしい二枚目であった。しかし、まことに自然に別人のように年を取った。若いからショーン・コネリーなのではない。ショーン・コネリーは何歳になってもショーン・コネリーなのだ。それが人間の生き方だ。しかしその変化を敢然と生きて見せるのは一つの勇気の証《あかし》である。

「私日記2　現し世の深い音」

◎「かたくな」になっていないか

少し疲れて、家でごろごろ。

まだ肩が凝っているので、再びマッサージをしてもらう。人間「かたくな」になっている時は、ろくなことがない。

「私日記2　現し世の深い音」

◎あまりに本当のことを言われると、つい笑ってしまう理由

ユーモアとは人間の真実をとらえた瞬間の笑いであって、人間はあまりに本当のことを言われると、つい笑ってしまうものです。その伝統は川柳などにかろうじて生きていますが、最近はお笑い芸人の馬鹿話と勘違いされてしまっています。

「人間の基本」

◎矛盾したことはうまくできない

一般に骨折患者は、二つの性格的タイプに分かれるものらしい。釘で補強したんだからもう歩いても平気、と思うのと、骨折以来、立つのも歩くのも恐ろしくなってずっとベッドの中にいる、という人とである。荷重をかけないと骨は治らないが、傷には安静が要るはずだ。全く矛盾したことだから、私はうまくやれなかったのである。

「私日記6　食べても食べても減らない菜っ葉」

◎客の会話の邪魔をするレストランの不作法

暁子さんと太一とで我が家の近くのフランス料理に行く。レストランが会話の途中で食材の説明に割り込んだので、珍しく朱門が怒った。こういう不作法はいつの間にか、すべての料理屋やレストランで起こっている。お客さまの会話のお邪魔をするとは、どういう神経なのか。材料も料理法も、聞かれたら答えればいいのだ。小説を出版した後で、これはこうして書きましたなどと読者に解説を付け加える作家はいない。小説は作品だけ、料理は味だけが、問答無用の結果。

「私日記7　飛んで行く時間は幸福の印」

◎変わった人でも、会えてよかった

このごろ年をとったよさをしみじみ思う。まるで短篇小説のような人生の片々《へんぺん》がたくさん記憶にあって、そのどれもが、いぶし銀のように輝いているのである。

若い時には、いい人か悪い人か、好きか嫌いか、であった。しかし今では、どんな変わった人も、おもしろい、会えてよかったと思う。退屈な人は一つのグループだけで、「権力欲の強い人」と「有名人に近づきたがる人」だけである。他の人はどんな癖も楽しく思える。

「『群れない』生き方」

◎危険な恋は、必ず火傷《やけど》する

世の中には「危険な恋」や「近づきすぎない方がいい間柄」という存在がある。どちらもほんとうは相手が好きなのだ。近寄って行きたいのだ。しかしこうした恋の周辺を考えると、自分が相手にとって、どうしても迷惑な場合もあるのだということもわかる。

多分私は利己主義で、自分が傷ついたり、死んだりするのは、嫌なのだろう、と思ってはいるが、一方で私は、ほんとうに好きな恋のためなら、多分死ぬのもいいとも思っているのである。

ただ私に今までそんなドラマチックなことが起きなかったのは、私の中に分裂したものがあって、書くものでは、思いきり自分をさらけ出す心の用意もあるが、実生活では世間の片隅にひっそりと生きるのもわりと好きだからであった。太陽は明るく輝く眩しく熱い存在だから、その近くに寄っただけで危険なことだとは最初からわかっている。焼き尽くすほどの恋に溺れれば、必ず火傷《やけど》する、と昔から人は言ったものなのだ。

それに自分だけが燃えてなくなるならまだいい。しかし時と場合によっては、死ぬほどの思いで近寄ったら、相手に迷惑がかかるだろう、と私はいつも恐れている。


「『群れない』生き方」

◎「皆、私のお金を狙《ねら》ってくるんです」

昔、私の知っていたある老婦人に、若い時、さんざん、婚家先の人々に、経済的な迷惑をかけられた人がいた。夫の兄弟を学校へ入れてやらねばならなかったり、姑の入院費をすべて出さねばならなかったりした。夫の従兄《いとこ》の妻などという人が田舎から出て来て、菓子折り一つで一週間も泊まっていったりした。

彼女が、人間の心はせめて金で表わすべきだ、と思うようになったのも無理のないことである。
しかし同時に、彼女は、人間の心が金だけで動くのではないことも忘れてしまった。彼女は、まことによく気がつき、もらった品物には必ずお返しを考え、自分のための出費は息子たちに対しても必ずその分だけ払い、何くれとなく身のまわりのものに心づかいをした。そして言うのだった。
《私が、お金をなくしたら、もう皆、何もしてくれやしませんよ》
私は、そんなことはない、と言った。誰かに親切にするということは喜びなのだから、純粋にその楽しさのためだけにでも、彼女に好意を尽くす人はいるはずだ、と言った。しかしその度《たび》に彼女はかぶりをふった。
《そんなことは信じられませんね。世の中は冷たいものです》
彼女は間《ま》もなく、一切の親切を、金めあてだと思うようになった。
《皆、私のお金を狙《ねら》ってくるんです》
彼女は自ら播《ま》いた種で、しだいしだいに世間の光景を荒涼とした冷たいものに変えていったのだった。

「完本　戒老録」

◎東京に出たがる青年が後を断たない理由

震災以来、津波で壊された郷里だけがよくて、都会や他の土地へは行きたくない、それは不幸だという話ばかりになってきたのも困る。もちろん、それも一面ではほんとうだ。東京では狭いアパートやマンション暮らしだが、田舎にいれば、海は近く緑の山もすぐそばだ。

しかし田舎には田舎の嫌さもあったのだということを、どうしてすぐ忘れるのだろう。田舎では、すぐ他人の生活に干渉する。ものの見方が狭い。その点、都会は限りなく自由だ。誰が何をしても、法にひっかからない限り許される。すばらしい人にたくさん会える。それが魅力で東京に出たがる青年が後を断たなかったから、過疎の問題が起きていたのだ。この際、そういう点をすべて忘れているというのは、あまりにも身勝手だと言うべきだろう。

「私日記7　飛んで行く時間は幸福の印」

◎自分の尊厳に自信が持てなくなる人

定年後、自分のしたいことを見つけていない人も、老人なのについに成熟しなかった人だと言っていいだろう。自分の生活（掃除、炊事、洗濯など）さえ自分でできない人も、自分の生きる場がないように思えて空しく感じているだろう。

若いエリートでさえ、自分が今いる場所に、果たして自分がほんとうに必要なのだろうか、と疑っている人がいるだろう。自分を首にしても明日から代わりがあると思うと、自分の尊厳に自信が持てなくなるからである。

「人間にとって成熟とは何か」

◎「自分」はどう考えるのか

世間の潮流に対する反抗心と懐疑心は、甘い菓子を作る時の塩味のように必要なものだ。それがなければ、肝心の甘みもうまさも出ない。世間で評判のラーメン屋なら、並んででも食べるという行為を一概に悪いとは言わないが、いつも人の評判で物を考える癖をつけると、自分はどう考えるのか、自分の好みの生き方はどうなのか、根本の姿勢までわからなくなる。

「人生の醍醐味」

◎恥をかき、義理を欠き……

ジンマシンがますますひどいので、聖路加国際病院の内科の診察を受ける。ここ一カ月くらい、原稿を書く代わりに手足を掻《か》いていた。思えば実にいろいろなものを「かいて」生きてきたものだ。恥をかき、理解を欠き、義理を欠き、茶碗を欠き……。

「私日記1　運命は均される」

◎人生の目的は、その年齢に合わせて決める

老人は気楽に暮らしたらいいのである。

盆栽をいじるとか、雑種の犬を息子のようにかわいがるとか、日本中の河川を見に行くとか、することはいくらでもある。しかしもう大きな目標を立ててがんばる年ではない。かなりの高齢者になっても、まだ大学の聴講生になって、若者と一緒に学ぶとか、死ぬまでに『源氏物語』を全巻読み通すとか言っている老人を見ると、私はそっと席をはずしたくなる。人生の目的には長期的なものと、短期的なものがある。人間はその年齢に合わせて目的を決めなければ、長すぎる服を引きずって転びそうになったり、短すぎる衣服で半裸になったり、どちらにせよみっともないことになりそうな気がするのである。

「自分流のすすめ」

◎「お若いといわれるほどの年になり」

朱門が、「僕は皆に、歩き方が早いとか、顔の色つやがいいとか言われるんだ」と自慢する。「お若いといわれるほどの年になり」なのだし、私は「人は皆、その年ほどに見える」という西欧の？　戒めが好きだ。だからこういう笑い話には黙っている。

「『何か特別に、お顔のお手入れとかしておられるんですか?』って聞かれたら、『ええしてます。朝起きた時、顔を洗わないようにしてます』と言ってやった」

これが言いたかったのだ。その方が石鹸の倹約にもなり、タオルも減らないから、彼の趣味のケチ精神にも合っているわけだ。

「私日記8　人生はすべてを使いきる」

◎ほんとうの人道支援は難しい

アメリカの大統領が、「アメリカ第一」と言うのも当然だ。どの国の人も、自国の利益を第一に考えて何が悪いのだろう。しかし近年では、狭い意味で自国の利益だけ考えることは、決して自国の利益にならないことがわかったところがおもしろい。

難民に対する人道主義を取ることを真先に国際社会で発言したドイツのメルケルが、最近になって、押し寄せる難民に対する国民の不満に対処できなくなっている。そんな経緯はわかり切っていたことだ。

人を救おうということは、自分の身を切ることなのだ。パンが一個余分にある日なら、それを差し出すのは簡単だ。しかし一個しかないパンが、自分一人分でも充分ではない時に、そのパンを半分にして、難民に与えなさいということはなかなか難しい。しかしほんとうの人道支援というのは、そういうものなのだ。若い人たちは、支援とは、有り余るものを出すことだと思っている。それは間違いなのだ、と教師たちは教えなくてはならない。

「私日記10　人生すべて道半ば」

◎「写真と絵はどう違いますか」

昔、生まれつき全盲の人に、「写真と絵はどう違いますか」と訊《き》かれたことがある。これはなかなか重要な質問で、私が返事をためらっていると、夫は答えた。

「写真というのは、こちらが見たくても見たくなくても、そこにあるものを全部写して見せるんです。でも絵は違います。町を描いていても、赤いスカートの娘と、彼女の連れている犬を描きたいんだったら、他のもの、電信柱とか酒屋の店先とかその隣の喫茶店とかは、弱く描いてしまうんです」

人間というものは、むしろ偏りを持って世間を見ることの方が自然なのだろう。公平な眼というものがもしあったら、不気味なのかもしれない。だから人間は個性をもって覚えないのだし、忘れるのだ。

「私日記10　人生すべて道半ば」

◎食物は余れば腐るか、味が落ちる

人間の生活において、食料でもお金でも、あり余ることはあまり望ましくない。充分には欲しいが、食物は余れば腐るか味が落ちる。お金だって、余計なお金の管理のためにまた人手が要る。

私には食料の無駄をしない才能はある。余っている材料を一目見て、スープを作るか、何か他の怪しげなおかずを作れる。しかし、お金を有効に増やすために、時間も心も割きたくない。

「私日記10　人生すべて道半ば」

◎人も家も機械も、ある程度の手入れは必要

どんな無謀な生活をしても、びくともしない立派な体の持ち主というものもある。しかし普通の人間は、或《あ》る程度の体の手入れを辛抱強くし続けることによって辛うじて健康を手にするのだと思う。無謀な生活をしながら、中年以後も健康に生きようとするのは虫の良すぎる話だ。家でも機械でも同じである。手入れがよければ、かなり長い間気持ちよく使える。しかし手荒な使い方をすると、てきめんに損耗《そんもう》は激しくなる。

「中年以後」

◎不潔にも強い人間になりたい

神経症的にきれい好きだった母に、一人娘として育てられて、私は一応清潔に馴れた暮らしをしていたはずだが、実は意識的には不潔にも強い人間になりたいと思っていたのだ。なぜならそのほうがどこで生きようが便利だということがわかっていたからである。

「自分流のすすめ」

◎誰にも迎合しない、他者の都合で生きない植物

長く一つ道をまっしぐらに生きることの強さを、イチョウも柿も私に教えてくれる。どれも歳月が生んだみごとさである。政治家と違って、彼らは妥協して生きる道を模索したり、どちらにつけば得策かということを計算したりしないのである。

植物は誰にも迎合しない。他者の都合では生きない。権威にも屈しない。芽を吹くときも葉を落とすときも、自然というか本性というか、あるべき姿に従って、それを運命と思う。堂々たる生の営みであり、命の終わり方である。

知人から贈られてきた渋柿《しぶ》に、まだ渋が残っていたりすると、私はすぐ焼酎で渋を抜く。都会育ちの私はそんな方法も中年まで知らなかったのだが、今ではたくさんの単純な生きる知恵を覚えた。

「人は怖くて嘘をつく」

◎はたして生まれつき運が悪いか

生物学的に言うと、人間の受胎の前には、一回の性行為で二億六千万もの男性の精子が放出され、その中の一個だけが女性の卵子に辿《たど》り着いて受精が完了するという。この二億六千万分の一という確率、それほどの厳しい生存競争というものは、現世のどこにも例がない比率だろう。

私など、大学の受験倍率が、十倍、二十倍だと聞くだけで、恐れをなす前にあきらめている。だから二億六千万分の一という精子の競争率を聞くと、最後の一個を信じて突き進んだ精子を、「そいつはバカか」と思いかねない。億万長者を夢見て大晦日《おおみそか》に宝くじの抽選会を見に行く人はまだ正気だが、二億六千万分の一を信じる精子は、バカに見える。もちろん精子はその確率を知らないから闘えるのだろうが、別の言い方をすれば、その一個の精子は、非常に運が強かった一個である。

よく世の中に、自分は生まれつき運が悪いんです、と言ってうなだれている人もいるが、生物学的に言うと、あらゆる人間は恐ろしい強運の遺伝子の継承者だ。何しろ誰もが二億六千万個の競争に勝ち抜いた強者の子孫なのだから。しかしそれでもなお、その精子が必ずしも人間の個体としては、円満とか優秀とか気力に満ちたとかいう性質を伝えてはいないらしいというところがおもしろい。

「人間関係」

◎「ずたずたの人生」を引き受ける覚悟

最近の若者たちの多くと私がちがうのは、彼らは人生で大きな失敗の危険を含む冒険を、決してしようとはしないのに対して、私はそうではないということだ。私はいつも人生で、自分が好きな道なら、失敗するかもしれない部分を賭けてみようと思っていた。私は失敗してずたずたになる人生を心のどこかで覚悟していたが、彼らにはそんな投げやりな点は全くないことが後でわかった。

「人間にとって成熟とは何か」

◎人ははたして優しいか

自分は人に優しいから、今手にしているお握りの半分は、常に人に分けてやれるだろう、と言い切れる人は勇気がある。戦争中の厳しい食料難、貧困の中では、普通の人間は、自分の持っているお握りは決して他人に取られないように隠して食べたのである。

「人間関係」

◎「謝れ」と強制されて謝る人の胸の内

今日の日本では「相手を黙らせることができる」と考える人がいる。大手マスコミが、あの人は人種差別をしている、と書けば、そんな事実がなくても、「謝れ」と合唱する組織や学者のグループが出て来ることを、私は体験としても知っている。

私は総じて「謝れ」という人が嫌いだ。他人に謝れと言われて謝る人は、何も謝っていないのだ、ということさえわかっていない。強制されて謝った人の胸には、前にも増して、謝れと言った相手に対する侮蔑と、時には憎しみが増幅している。

「人生の持ち時間」

◎「さしたる充足感も不足感もない」生き方

気がつくと、この頃寝てばかりいる。どう自覚症状があるのかと訊かれると「だるいんです」と言っている。熱は三十七度から三十七度五分止まり。それでだるいのだろうと思う。この感覚はずっと続いていて、音楽でいうと、主題となっているメロディに当たる。

だるさはどこから来るのだろう。

寝ている時は、私は充分に人間だと思う。ものも考えられるし、本も読める。テレビを見ながら、英語のわからない単語があると、すばやく電子辞書を引く。そして時々英語ができるような錯覚を覚えてトランプ大統領の『炎と怒り』というノンフィクションを読んでみたい、もしかすると読み通せるかもしれない、などと思う。しかし英語の本を売っている書店が身近にはない。

だるい理由はわかっているようにも思う。

私は大学卒業以来、約六十四年間働いた。病気をしなかったから、一月《ひとつき》と休んだことがない。毎日毎日知的作業と肉体労働の双方ですることがあって、どれもあまり嫌なことではなかったから、私は生活とはこんなものだと思い、さしたる充足感も不足感もなしに生きて来た。私の生涯はいつもかなり受け身だったが、実は受け身だとも思わなかった。誰かが生きているということは、どの場合もそんなものだろうと思っていたのだ。

つまり私は疲れて来たのだろう、と思う。六十年間のなし崩しの労働というものは、多分マラソン選手や登山家の疲労とは質が違うのだろうと思う。

それで私は、来る日も来る日も、さぼることにした。幸いにして連載も数本しかないし、高熱があるわけではないから大変快い気分で怠《なま》けていられる。本を読み、朝寝、昼寝、夕寝などしたい時に眠り、夜も眠る。夜だけ迷わず、家庭医から出された睡眠剤を一錠飲み、テレビを見ながら眠る。ドアは細めに開けておくので、雪も直助も出入り自由だ。直助は私のふとんの足の部分に跳び乗ってそこで眠る。けっこう体重があるからすぐわかる。雪は私の枕の脇に寄り添って眠る。それで私の耳が痒《かゆ》くなってしまった。猫毛アレルギーなのだ。

「私日記11　いいも悪いも、すべて自分のせい」

◎生活に「変化」はつきもの

駅前のマーケットで「ホワイト・セロリー」という名前の、見たこともないサラダ用の香草を見つけた。セロリーのような逞《たくま》しさは全くないが、匂いは普通のセロリーより強い。根は洗ってはあるが、白いモヤシみたいについているので、食べるためではなく、別の目的のために買った。家に帰ってすぐ適当な浅さのグラスを探し出して生け、水を入れて陽の当たる窓辺に置いた。水栽培をしてみようと思ったのだ。

多分、私は自分が気づかないような形で退屈していたのだろう。私は日に何度も様子を見に窓辺に足を運び、その植物が一応元気そうにしているのに満足していた。

しかし、十五日から私が三戸浜の家に行って、十七日に東京の家に帰って来ると、秘書が言った。

「ホワイト・セロリー、だめになりました」

「どうして?」

「雪ちゃん(雌の猫)が、水栽培のグラスを蹴落として割って、ついでにセロリーもぐちゃぐちゃにしました」

「残念ねえ」

と言ったが、本気で怒っていなかったのは多分、育ちはしないと思っていたからである。とにかく猫がいると、ものは破壊されるし、予定は狂わされる。それでもうちの人々がそれを受け入れるのは、変化は生活につきものだからだろう。

「私日記11　いいも悪いも、すべて自分のせい」

◎脱ぎ棄てた履物を直す……母のしつけ

ある日我が家に、見知らぬ人から手紙が来た。今の東京電力の人で、私の家に検針に来たのだという。手紙の趣旨は、大学を出てから、一応そういう現業もすべて体験するシステムなので、覚悟はしていたが、自分としては初めて他家の台所口から入って検針をした。自分のそれまでの暮らしにはない体験だった。しかしお宅の娘さんが台所口に脱ぎ棄てた自分の履物を直しておいてくれたとき、自分の現在の仕事は少しも卑《いや》しめられているのではない、と一応の意義を感じて素直に受け止められるようになった、という内容であった。

私は母のしつけのおかげで、どの家のどの入り口にある誰の履物でも、眼についたら、人眼につかないようにちょっと直しておく習慣がついていただけであった。泥棒だって、履物が直っていれば早く逃げられるだろう。それとも泥棒は、脱ぎ棄てた後で自分で直すのかな、と小学生の私はまだ幼稚であった。泥棒は土足で家に上るのだと知らなかったのである。

「私日記11　いいも悪いも、すべて自分のせい」

◎自分だけの特質を生かして生きる

自分だけが持っている特質を生かして生きることが、その人の存在の手応えだと、皆わかっているのである。

「人は怖くて嘘をつく」

◎人は誰でも「偏《かたよ》った好み」を持っている

一時「ほとんどビョーキ」という言葉が流行ったことがあった。

人は誰でも偏った好みを持つものである。お茶の温度から、鼻毛を抜く動作まで、実は確たる理由なく、そのことに執着するのである。

「なぜそんなに勉強するのか」「なぜそんなに勉強が嫌いなのか」。理由らしきものがあっても世間は納得してくれない。その時人がそれをし続けるのは、「ほとんど病気」という説明以外にないほどの、他愛ない執着の結果なのである。

「自分流のすすめ」

◎私怨を持ち続けて生きることも必要

私怨にはさまざまな種類がある。人種的に受けた差別、貧困、病気、戦乱の被害、家族的な因縁。それらはすべて、ただ不毛な恨みにもなるけれど、それを使おうと思えば個人が生涯生き続ける情熱を支えるほどの力にもなる。

私は若い時から、政治的な行動を一切しなかった。いいか悪いかは知らないが、それが私の性格だった。外に向かって自分の受けた不当な歴史をアピールしようとするよりも、じっとその思いを胸のうちにおいて発酵させ、いい味に変えてそれを自分の仕事に使おうとしたのである。

「人は怖くて嘘をつく」

◎諦めることも一つの知恵

人間にとって大切な一つの知恵は、諦めることでもあるのだ。諦めがつけば、人の心にはしばしば思いもしなかった平安が訪れる。しかし現代は、諦めることを道徳的にも許さないおかしな時代になった。いつどの時点で、どういうきっかけで諦めていいのか、そのルールはない。その人の心が、その人に語りかける理由しかない。

改めて言うが、できたら諦めない方がいい。津波の時でも、ほんのちょっとしたことで手に触れたものを摑《つか》んだから生きた人もいた。上がって来る水が次第に天井に迫って、もう息をする空間がないからだめだ、と思いかけた後で、ほんの数センチを残して増水が止まったのを知った人もいる。すべて諦めなかった人たちである。

しかしこの世に、徹底して諦めない人ばかりいると、私はどうも疲れるのである。できるだけは、頑張る。しかし諦めるポイントを見つけるのも、大人の知恵だ。

「人間にとって成熟とは何か」

◎誰でも誰だかのお荷物

人間は誰でも多かれ少なかれ、他人だか家族だかのお荷物になっているものである。

「人間関係」

◎根拠なく他人と同じことをしない

自分というものを大事にしないで、根拠なく他人と同じことをするというのは、本当に怖いことなんです。

「人間の基本」

◎一人ひとりの人生体験こそが人間を作り上げる

この先どれほどＩＴ技術が進歩して、ボタン操作一つですばやく〝答え〟が見つかろうと、そこには体験と呼ぶに値するものなど何もありません。限られた人生の時間を無駄にし続ける、硬直した、精神の貧困な人間をつくるだけです。

常時ばかりではなく、非常時にも対応できる人間であるために、その基本となるのは一人ひとりの人生体験しかありません。強烈で濃厚で濃密な体験、それを支える道徳という名の人間性の基本、やはりそれらがその人間を作り上げるのです。

「人間の基本」

◎「元気をもらった」という奇妙な表現

最近の人はよく「元気をもらった」などと言うが、こんな奇妙な日本語の表現も昔はなかった。元気はチョコレートと違ってもらうものではなく、仕方なく自分でかき立てるものなのである。

「人間の愚かさについて」

◎恐ろしく、魅力的な人間関係

困ったことに、と言ってしまうのは軽薄なのだが、人間関係ほど恐ろしく、同時に魅力的なものはない。どちらがほんとうなのか、と聞かれると、私は返事に困る。

世間には人間嫌いと自らも自分を位置づける人がいて、その程度はさまざまだ。何となく、人との関係がいつもぎこちないという程度で一生済んでいく人もいるし、徹底して部屋の中や森の奥に引っ込んで、外との関係を極端に避ける人もいる。純粋に好みの問題だけで言えば、私は後者に傾く性向がなくはない。

とにかく、関係なくしていれば、相手に危害やら被害を与えなくて済む。　「人間関係」

◎憎しみや嫌悪からでさえ、学べる

人間関係の中には、喧嘩《けんか》したという負の繋《つな》がりさえ発生するものだ。しかし現実には、憎しみや嫌悪を持つような人間の関係からでさえ、私は多くのことを学んだ。私が、少しは複雑な精神構造の人間になれたとしたら、そうした醜い人間関係を体験し、それを深く悲しみながら学んで来たからだろう。　「人間にとって成熟とは何か」

◎いじめようとする人の中に神がいる

神はどこにいるかと言われれば、心臓の中でもなく、天上でもなく、今「あなたが相対している人の中に」いることになる。

これはいささか都合の悪いことだった。私は自分が人並みというか、平均値的な信条の持ち主だろうと思う癖があるから、時には性格の違う相手に反感を覚えたり、イジワルをしたいと思うこともあった。そういう場合、私が大いに困るのは、私がいじめようとしている人の中に神がいると教えられてしまったことだった。これは正直なところ実に不便な認識であった。誰でも私がいじめようとする相手の中に、神がいるというのだから、私は神に対して仕返しをする覚悟が必要になる。

「人生の醍醐味」

◎偉大な意味を持つ人間同士の距離

距離というものは、どれほど偉大な意味を持つことか。離れていさえすれば、私たちは大抵のことから深く傷つけられることはない。これは手品師の手品みたいに素晴らしい解決策だ。そしてまた私たちには、いや、少なくとも私には、遠ざかって離れていれば、年月と共に、その人のことはよく思われてくるという錯覚の増殖がある。不思議なことだ。離れて没交渉でいるのに、どんどんその人に対する憎悪が増えてくる、ということだけはまだ体験したことがない。

「人間関係」

◎複雑に影響し合う、善と悪

すべての人間には、善の要素とともに微量な悪も内在しており、それらが複雑に影響し合ってこそ、初めてみごとな人間性というものを形作ってくれるのである。

「人生の醍醐味」

◎謝罪か、弁償か、それとも……

一人のアメリカ人の婦人が、ホテル内で、転んで足首をくじいた。彼女の申し立てによると、床材の穴に高いヒールを突っ込んだのが理由だったが、そのような危険な穴を放置したのはホテルの責任だから弁償しろ、ということらしかった。

私はまだ高校生だったのでこの事件がどういう結末で収まったのか気にしなかったのだが、もしこれが当時の日本旅館に泊まった日本人客に起きた事件だったら、旅館側は慌てて近所の医院にお連れし、その間「申しわけございません」「お痛みは？」とお辞儀を百遍も繰り返し、しかし客の方も、自分にも落ち度があるのだから、などと言ってそのままにし、旅館側は後で桐箱入りメロンなどをご自宅にお届けに上がってむしろおねぎらい頂く、という形で収まったのではないかと思う。

「人生の持ち時間」

◎精神力こそが肉体を支える基本

人間の生き方の理想は、まず精神的に、そしてできたら肉体的にも強くなることだ。肉体は精神的な強度以上に、訓練を経ないと強くならない。

病弱な書斎派に見える青年が、強い精神力を持つ場合があることは、文学者の書きたがるところだ。しかしこの反対に、肉体的に鍛えた人が、強い精神力を持つのは当然とされているのに、意外と外界の変化に即応できない精神力しか持っていないことに、驚きを感じることがある。外界の変化に耐えるのは、鍛えぬかれた肉体があるからだと信じたい思いは誰にもあるのだが、精神力こそが肉体を支える基本で、それ故に人間は危機を脱することができるのだ、という構図は、あまり描かれていない。

「人生の退き際」

◎悪がわかると、善が輝く

男女の関係、権力争い、お金に関する葛藤、商売の駆け引きなどを、ほんとうに幼い頃から（つまり幼稚園に上がる前から）十分に聞いて育った。子供には悪いと言われている本も、母に隠れて盗み読んだ。母は恐らく知っていただろうと思うが、別に止めなかった。悪がわかると、善が輝くのが理解できるのである。

つまり私は相手に向かってバカと言いたい人間の心理の表裏を十分に知りつつ育ったから、人はそう簡単には相手をバカと言えないことや、死ねと呟《つぶや》いたからといって相手を殺したり、相手の事故死を望んだりするわけはないことを見抜けるようになっていた。

「人生の醍醐味」

◎「なんとかならない」当てずっぽうの生活

世の中では、遠慮深い人も好まれるが、傍若無人な存在もまた強烈に愛される面がある。どちらがいいか、これもまた予測できない。

すべての存在が、どこかで役に立っているということは本当だ。ただその役の立ち方がまた計測できない。

私は時々、予定を立てない人の生き方を見ると、腹が立つことがある。しかし「何とかなるだろう、と思っていました」という人は常にいる。

本当は、生活は、何とかならないのである。当てずっぽうでも何とかなるのは、ホームレスの生活くらいのものだ。そうでなければ、人間をやめて、我が家の直助のように猫になることだ。

「人生の持ち時間」

◎世間は「人のお金」に甘すぎる

「人のお金」というものに関して、世間は考えが甘すぎる。市中銀行で働く人たちが、その日の計算が一円合わなくても、その理由が判明するまで、全員が帰宅できないという話は、昔はよく聞かされたものだった。一円くらい足りなくても、私のガマグチから出しておきます、と言えばいいのに、と思った時もあるが、一円をだらしなくしては銀行の本質が揺らぐのであろう。

自分のお金の管理は楽なものだ。好きな女にやろうと、パチンコで使おうと、ヒマラヤに登ろうと、学術書を買おうと、好きなように使えばいいのだ。

「人生の醍醐味」

◎自分がいかに卑怯者《ひきょうもの》かを自覚することが必要

現代、私たちに必要なのは、自分がいかにいい人間になるか、ということより、自分がいかに卑怯者《ひきょうもの》であるかを、常に自覚し続けることだろう。

もちろんそれは大してむずかしい行為ではない。少なくとも、私は本能的に簡単に人を裏切ったり、するべき任務から逃げ出したりする自分を知っているし、さらにひどい醜態《しゅうたい》をさらすことも容易に想像できる。その卑怯な姿が、私の創作の原点と原動力になることも多いのだ。

「想定外の老年」

◎思いだけなら、殺意を抱いたことがある

人は自分を、人間らしい抑制のとれた、決して無残な人格ではない、と思って生きていきたいらしい。私とてもその例外ではない。ただ私は人生で、殺意を抱いた瞬間を記憶している。しかしその思いと、思いを行動に移すまでにはかなりの心理的落差があった。思いだけだったから、私は安心して殺意を抱いた、と言ってもいいし、実行に移すことと、内心の衝動《しょうどう》との間には深淵《しんえん》に近い距離があって、その深淵を飛び越すことは多分ないだろうから、安心して殺意を抱いた、と言っていい面もあるように思う。

「想定外の老年」

◎できる限度を知る、ということ

自分の体力、気力、仕事の容量などと相談して、できる限度と、その限度から溢《あふ》れてしまうものとに分けなければならない。私は冷酷だから、それができるような気がするのだが、誠実で心優しい人ほどそれができない。

「中年以後」

◎あきらめることを覚えたら楽になる

人生であきらめは本当に大事ね。あきらめを持たないから、大変になる。あきらめることを覚えたら、ラクになれるんです。

それと、私はいつも悪いことばかり考えていますからね。最悪の事態を想定している。こんなことになったら、あんなことになったら、と。すると現実は、それより少しましなことが多い。でも、いったん起きたら、あきらめる。そう思うことにしているんです。

「夫婦のルール」

◎「絶対に」心変わりしない愛はない

絶対ということはないのだ。どんなことにもこの世で例外が起き得る。絶対に起きない事故もなく、絶対に心変わりしない愛もない。だから断定と保証ほど恐ろしいことはない。

「揺れる大地に立って」

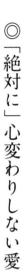

第三章　幸か、不幸か

◎一人で生きられたという微《かす》かな矜持《きょうじ》

昔、小学生の私が、母の道連れになって自殺未遂にまきこまれそうになった時、私はあらゆる知恵を絞って、生き延びようとした。もちろん、私はどこかに誰か助けてくれる人や組織がないかと考えた。しかしどこにも助けてくれそうな人はいなかった。ほんとうに「どこにも」いなかった。その状況は今でも全く同じだろう、と思っている。

その結果、私は一人でノラ犬のように自分の傷をなめた。かっこ悪い方法だったが、どうにか生きてこられた時、私は一人で生きられたという微《かす》かな矜持《きょうじ》を得た。決して「自分を褒めてやりたい」とは思わなかったが、内心秘かに「運がよかったなあ。助かったなあ」とほっとしていた。それは私にとっては、重く痛い日々だったが、その程度のことは市井の一隅の、「人さまにお話もできないような」ありふれた悲劇として、そのことを考えられるようになっていた。

「なぜ子供のままの大人が増えたのか」

◎不運や不幸を生かす知恵が必要

限りある生命と時間だからこそ、人間は賢くなり、生きるべき道を発見する。不運と不幸がいいわけではないが、それを生かす人間になる他はない。

「人生の醍醐味」

◎自らの弱さを自覚して初めて強くなる

人間を総合的に見るとき、果たして明確に強いと言える人というのはどれだけいるのか。たいていは、強く見えるだけで、弱さを内包しています。強く見える人ほど、弱さを隠そうとする。そこに弱さが厳然とありますし、たとえいま、ほんとうに強くとも、病気をしたり、年をとったり、愛する者を失ったりすれば、あっという間に弱くなります。強いという状態は、仮初《かりそめ》のものなんですね。

自らの弱さを自覚するとき、人間は初めて強くなる方法を見出します。パウロはこの辺《あた》りを知り抜いていて、強さという仮面をかぶった弱い人間にはなりたくなかったのだと思います。

「人間は弱いのが当たり前で、弱さという一つの資質を与えられているからこそ、強くなるためにどうしようかと考える。弱さは財産であり、幸運である」

そういう考え方を頭の片隅に置いておくだけで、生き方はずいぶんと違ってくるはずです。

「幸せは弱さにある」

◎「幸福の姿」と「不幸の形」

人間が、立場を越えて、他人とある共感がもてる、ということも、幸福ではなく、不幸の形を理解する場合らしい。

人間の幸福の姿は種々雑多だが、不幸の形は意外とよく似ている。

「死生論」

◎幸福の極意

人間は与えられているものの価値は、すぐに忘れるか、評価しない。しかし「ないものを数えるより、あるものを数えたほうがいい」という幸福の極意は忘れないようにするべきだ。

「自分流のすすめ」

◎外界に対する興味を失った青年

人はごく普通の瞬間、何もしていない時でも、心理の癖を示すものだ。それをじっと観察していることは何よりおもしろいのだが、そのためには、好奇心や、生きる上で好きな道がなくてはならない。何も取り立ててしたいことも、なりたい職業もないという青年は、つまり外界に対する興味という「触覚」のようなものを失っているのだから、だんだん植物に近くなり、人間離れしているように見える。

「『群れない』生き方」

◎贈られた、かつてなかったほどの視力

私が子供の時から天文学にあまり興味を示さなかったのは、言い訳になるが、強度の近視で、星などまともに見えたことがなかったからだ。自分が広大な星空の下にあると思えたのは、ちょうど五十歳になる直前に眼の手術を受け、かつてなかったほどの視力を贈られてからである。

「『群れない』生き方」

◎「幸福」にも後遺症がある

どんなものにも後遺症がある、と私は思っている。

心理学者は幸福の後遺症というものについてあまり言及しないが、私はあると思っている。「後が恐ろしくて、深く喜べなくなる」心理が生まれてしまうのである。その代わり、逆境に強くなる。

「死生論」

◎お互いさま、の心

何かしてもらったからといって恐縮する必要はありません。なぜなら、寄付でも何でもですが、与える側もまた「人の役に立てた」という小さな喜びや幸福をもらっているからです。新約聖書の「使徒言行録」のなかには「受けるよりは与えるほうが幸いである」との言葉があります。感謝されることを期待するのではなく、むしろそのようなチャンスを与えてもらったことに感謝すべきなんです。日本人が昔からよく言うように、お互いさまなのです。

「『与える』生き方」

◎人が自分の一生を決める時とは

私はキリスト教の学校へ通ったおかげで、何人ものシスターと出会い、親しくおつき合いすることができました。どの人も、元々は普通の生活をしていたのが、ある時シスターという道を選んだんです。

そのなかの一人に、「なぜこの道に一生を捧げようと思ったの?」と尋ねたことがありました。すると答えは、「だって仕方ないのよ、会っちゃったんだもの」でした。「誰と?」「だから神さまとよ」「どこで?」「街角でよ」。そんなこと、信じられます?

シスターと言えば、清楚でもの静かな女性を思い浮かべるかもしれませんが、彼女は、おっちょこちょいでガラッパチで大食いです(笑)。日本には「横町の金棒引き」という言葉があって、井戸端会議でチャキチャキとしゃべり散らすようなおばさんのことなんですが、まさにそういう楽しい性格。素晴らしいシスターというのは、案外こういう人が多いんです。

その彼女が、「神さまと会ったのだから仕方ない」とさらりとご自分の一生を決められた。そんな話を聞くと、私は思うんです。意識するしないにかかわらず、人は誰でも神との出会いに似た「何か」に突き動かされ、今の人生を選んでいるんじゃないかと。そんな神がかった話でなくても、ちょっとしたきっかけで、自分に合った天職に巡り合った人も大勢いるでしょう。

「『与える』生き方」

◎人間が大きく伸びる時とは

人間は幸福によっても満たされるが、苦しみによると、もっと大きく成長する。ことに自分に責任のない、いわばいわれのない不運に出会う時ほど、人間が大きく伸びる時はない。

「完本　戒老録」

◎災難から何を学ぶか

もし私たちが災難をただ災難としてしか受け止めなかったら、それは不幸に負けたことになる。私たちは、どんなことからも学ぶ時、厚みのある人生を送れるのである。

「なぜ子供のままの大人が増えたのか」

◎してもらうのは当然、と思わぬこと

自立の誇りほど快《こころよ》いことはない。社会にしてもらってもいいが、そのほかの部分では、自分が自らすることの範囲をできるだけ広く残しておかなければ、欲求はますますふえ、そのために不満も比例して大きくなるのである。

「完本　戒老録」

◎自分の体の不思議が示唆するもの

体というのは不思議なもので、どこか具合が悪くなると、そこに意識が集中して、体全部の働きが鈍ります。指先に小さな棘《とげ》が刺さっただけで、何も手につかなくなる体験は誰もが持っていることでしょう。それで、その痛みが治ると、とたんに体全部が軽くなったような気がするものです。

こんなふうに体が具現化している一体感を、私たち人間は自分と他人との間にも持たなければならない。この体のたとえは同時に、「世の中にいらない人は一人もいない」こと

も意味しているのです。

「幸せは弱さにある」

◎自己犠牲が過ぎると、恨みがましくなる

介護は今、日本中の問題でもあるわけですけれど、家族の者だけがすべてを背負おうとすると、疲弊します。自己犠牲の度が過ぎると、必ず体に支障が出てきたり、この人のせいで自分の生活が犠牲になってるとか、恨みがましくなるからです。私はそう思って、できるだけ自分自身の生活のペースを保ちながら、〝片手間〟で家族の面倒を見ようと思ったんです。

「死という最後の未来」

◎複雑な情況が人間を鍛える

人間関係というのは、のっぴきならない状態で始まるものなのである。親子の関係もそ

うだ。娘や息子も、親を選んで生まれて来たわけではない。同様に親も、服を買う時のように好みの赤ん坊を選ぶわけではない。それを思うと、親子の関係というものは、実に複雑な情況を与えて、人間を鍛えてくれる。

「人間関係」

◎人生で会ってお世話になった人たち

昔『舞踏会の手帖』というモノクロの映画があった。うろ覚えの部分もあるが、社交界にデビューした初めての晩にワルツを踊ってくれた数人の青年を、何十年か後に訪ねて歩く女性の物語である。

私の探し人の相手は、初めてダンスを踊ってくれた人ではない。『人生で会ってお世話になった人たち』を探すものだ。一言お礼を言うためなのである。したがってそれは恋の行く先を確かめるものではないが、それよりもしかするともっと重い人間的な意味を持つものかもしれない。

私は一人っ子だったから、幼い時から、両親の人生の危機のすべての場合の立会人だった。子供には心配をかけない、という親にはその後もよく会ったが、私の母は善悪は別として、一切の重荷を私にも負わせた。しかしその都度、私の周囲には私を助けてくれる人もいた。そのおかげで、私は苦労人ならぬ苦労子供にはなったし、独立心もできたし、小説も書けた。何より、幼い時からユーモアと悲哀を充分《じゅうぶん》に理解できた。

　私なりの『舞踏会の手帖』を実現しようにも、そろそろこちらの体力も時間も限度に来ている。思いを果たせずに終わりを迎えることもあるだろう。しかし一言、「あの時はありがとうございました」と感謝を伝える時間があれば、私の一生も少しは跡を濁さずに済むかもしれない。

「始末」という言葉を、私も実に恐れげもなく使ってきた。しかし始めと終わりの意味で括《くく》られた一語で、人生の重さと変化をかくも明確に言い表している言葉に、私の知る限りのほんの少数の外国語の単語では、まだ出会ったことがない。日本語の字引では、「始末」は捨てることの意味でとりあげられている場合が多いが、始めがあったからこそ終わりにも巡《めぐ》り会ったのだ。

「死生論」

◎何の変化もなく暮らす――安泰な老後といえるのか

先日も、老後の暮らしについて話が出た。一人の高齢者は、若い時から自分の自由になるお金を好きな贅沢に使ってきた。社交ダンスだったか日本舞踊だったか、とにかく自分も出演できる場に派手にお金を使った。そして老後の今、生活保護に頼っている。身内や周囲の友人に、小遣いをたかるのも非難の的だ。

しかし毎日、自分の居間のソファに座り、何の変化もなく暮らしていることが安泰な老後といえるかどうか、ということになると、同年配の高齢者の見方はさまざまに分かれたのである。

私はどちらかというと、月日は巻き戻せない。だからその時々、濃密な生き方をした方が勝ちだ、という無頼派に近い考え方をしている、という自分に気がついた。つまり一生の最後に近くなって考えてみると、「ゴメンナサイ」と言って、自分の好きなことをして逃げてしまう方が得をしたように思えるのである。

そういう好みと明らかに対立しているのだが、最近になると、人生でもし二つの選択肢に立つ人間になったら、深く傷つく立場を選べる人間になりたくもある。

いずれにせよ、高齢になるということは、途方もない解放を与えるものなのだ。よくも悪くも先が長くない。よいことにもさして執着せず、悪いことにも深く傷つかない。こういう幸福な高齢世代が日本には実に多くいる、ということだ。

「死生論」

◎自分の居所を見つける、ということ

私は幼稚園の時に、カトリックの学校に入れられた。最初の受け持ちになったのは、イギリス人のシスターだった。いつも大きな縞《しま》の前掛けをかけ、トイレの片隅に座って古毛糸で編み物をしていた。

彼女は、廊下や階段、トイレなどの汚れる場所を掃除する役のように見えたが、子供たちのしつけは厳しかった。廊下やトイレはお喋りをする場所ではないから、沈黙を守れ、というのである。

後年、私は真実かどうかわからないが彼女の生い立ちを聞いた。彼女はイギリスの上級階級の娘に生まれ、高い学歴もある人だったが、修道院に入る時「助修道女」と呼ばれる

労働を目的とする修道女のグループに加わることを希望した。

私たちの見る世間では、資格も資質もない人が、自分をよく見せようとして威張ることが多いが、彼女はそれらがあっても、見せない生き方をしていたのである。そしてまだ幼すぎた私が、宗教学校の幼稚園で唯一、魂の奥底にまで刻み込まれた「香気ある生き方」を見たのは、このエプロンをかけて、いつもトイレの隅に座って古毛糸で編み物をしているイギリス人の、静かな姿だった。

どの世界の片隅にも、自分なら生きられる、もしかすると自分を必要としていると思われる場所があるはずだ。そこに居所を見つけさえすれば、出世するかしないかで悩むこともなく、中年になってかつての同級生と今の自分を比べて引け目に思うこともないだろう。

「死生論」

◎噂は相手を陥れたい気分の変形

たいていの噂話は、その底に相手の不幸を望む要素が含まれている。相手の家庭の不幸、相手の心に潜む闇の部分。要素はさまざまあるが、噂は相手を陥れたい気分の変形であることが多い。

実は相手を蔑視、劣等視することで、わずかながら自分に自信をつけたり、幸福を味わったりする心理の操作は、どこにでもあるものである。

「人間関係」

◎人を愛する、ということ

長く生きてきて私がわかったことは、ほんとうに小さなことだ。日々、家族や身近な知人が健康に穏やかに暮らせることは偉大なことなのだ。大志が家庭を暗くするようだったら、私は卑怯《ひきょう》者だから、大志などさっさと捨ててしまう。

人を愛する、ということは、身近な存在から愛することだ、と昔カトリックの学校にいたときに教えられた。だから途上国援助も大切だが、順序としては、家族や友人から幸福にすることなのだ。

「死生論」

◎魂の錬金術

私の家で、海外邦人宣教者活動援助後援会の運営委員会。海外で働く日本人の神父と修道女に、活動資金を援助する小さな組織だが、全国の個人からお金が届けられてくる。

今度の会合の前にも、郵便ポストに投げ込みで四万円が入っていた。秘書は、お金を入れた封筒が新聞の間にでも紛《まぎ》れ込み、その日に私たちが新聞を読まずに古新聞に回してしまったら、と思っただけで心臓が痛くなる、と言う。

十八歳の息子さんを亡くされた磯貝鈴子さんは、命日にお金を送ってくださる。関西の或《あ》るご夫婦は、ご主人の補聴器が見つからなくなり、新しいのを買わなければならない、と覚悟していたら、思わぬところから出てきた。ご主人は、なくしたと思ってそのお金を寄付するように、と言ってくださったという。不幸や不運を、命や光に変えるということは、一種の魂の錬金術《れんきんじゅつ》だ。

「私日記1　運命は均される」

◎年々、深くなるもの

私は最近では、ことが予定通りに運ばないことさえもあまり不平に思わなくなっている。人生はそんなものだという思いは年々深くなるからだ。

「私日記1　運命は均される」

◎私たちの生活は小さな幸福に支えられている

わずかに持って来たお餅でお雑煮を作り、昆布巻き、かずのこ、などを並べて型ばかりのお正月。

毎年、今年は何をしようという決心などしたことがないのは、決心しても続かないし、予測してもその通りになったことがないからだ。

ただ強いて心に決めていることと言えば、私が暮らしている東京の家の毎日の生活を、できるだけ楽しくしようということ。最近、こういうことは大変大切なことだ、と思えて来た。人が生きる時間は決まっている。その時間が楽しいか、インインメッツかで、生きていることの意味が違う。私たちの生活は小さな幸福に支えられているわけだから、ほんのちょっと楽しくしたい。料理の手を抜かず（とは言ってもおかずは質素なものなのだけれど）、うちの中をよく片づけて、花に水をやろう。そしてできるだけ機嫌よく生きて、二十二歳の猫にも長生きをさせよう。白内障が出ているのがかわいそうだが。

「私日記2　現し世の深い音」

◎命にかかわる運命の差をもろに受けた人々

私たちが訪ねたのは、名取市閖上《ゆりあげ》地区、石巻市門脇地区、女川町などである。来る時期が遅かったので、これらの地区ではもうほとんど大きな塵《ごみ》は片づけられていたか、その作業が進められつつある途次にあった。そして私は皮肉にも今度初めて北上川の流れを知り、その雄大さと端正さに打たれた。東北人が「北上川」の歌をよく歌う気持も理解できた。しかしほんとうのことを言うと、『北上夜曲』は川の雄大さをほとんど示してはいない。川に沿った道を車で走っている時、私は黒沢氏とこんな会話をした。

「この辺は水に浸かったんですね」

「そうです。今はきれいに掃除してありますけど、全部やられたんです」

一見、家はちゃんと残っているが、今は無人の家が多そうであった。

それから車を走らせて、ほんの数分行くと、もうそこは少し高度が高くなっただけで濁流を免れたところだった。何ということだろう。数百メートル上流か下流かに住んだというだけで、人は命にかかわるような運命の差をもろに受けなければならない。平凡すぎる言い方だが、災害を受けた町の人に何ら特別な罪咎《ざいきゅう》もなく、幸運を贈られた人に何の特別な功績の差もないのに、一方は残酷な運命に見舞われたのである。だから災害を受けた人は、この町に戻って来たくないようにも見えるという。お互いに辛いのだ。


「私日記8　人生はすべてを使いきる」

◎作家への家族の優しさが垣間見えた時

北杜夫さんが亡くなられた。北さんのソウウツの話は有名だが、作家は皆円満な性格ではない。だから人並みに自分と闘うのは、人生の苦労としては許容範囲だろう。

数年前、或るお葬式で偶然北さんを何十年ぶりかでお見かけした。お声をかけて数歩並んで歩き、私の手が北さんのオーバーの肩に自然に触れた。その時着ておられるオーバーの生地のあまりの上質な柔らかさに私は打たれた。ご家族の優しさに包まれていらっしゃる、と感じたのだ。


「私日記8　人生はすべてを使いきる」

◎他の赤ちゃんの背負う苦難を一身に引き受けた子

中絶問題を扱った『神の汚れた手』という新聞小説を書いたのは一九七九年のことである。その時取材して勉強したことなのだが、人間社会では、八百人に一人くらい、親たちに何の遺伝的欠陥がなくても、障害児が生まれる。自然の法則というより他はない。

そのことについて一人の産婦人科医が言った。

「僕は年間八十例から百例くらいのお産をみるんですよ。何年間も無事に健康な赤ちゃんが生まれ続けて、十年前後で八百人くらいに近づいたな、と思うと、時々嫌な気がすることがある。

そろそろそういう赤ちゃんが生まれるのに立ち合うのかな、と思うんですよ。僕たち医者は、お母さんよりも先に赤ちゃんの顔を見るわけだから、奇形があれば、すぐわかる。

しかしその赤ちゃんはキリストと言ってもいいかもしれない。他の赤ちゃんの背負う苦難を一身に引き受けて生まれてきた子なんだから。だから僕たちは、一生懸命、この子を幸福にする義務があるんですよ。こういう子は、少なくとも一種の英雄だからね」

この言葉を私は何十年も忘れられないのである。


「私日記10　人生すべて道半ば」

◎人生は決して、平等ではない

私は冬に向かって、遂に仕方なく床暖房をすることにした。古い家にまた手をかけるのは、どこかで「いまいましい」ような気分もあるのだが、「将来暖かくする」という言葉はまた、おかしいだけである。食欲を満たすこと、会いたい人に会うこと、などは長い時間の先では意味がない。

冬を寒がる分だけ、「夏の暑さには強いのよ」と知人には言い訳のように言っているが、昔北海道に入った開拓農民の暮らしを再現した粗末な家を見たことがある。入口の戸の立て付けも歪《ゆが》んだ掘っ立て小屋であった。隙間風どころか吹雪《ふぶき》そのものが吹き込んだろう。その小屋のディスプレイを見ただけで、当時の辛さがよくわかった。

私は生涯、ひどい寒さにも飢えにも苦しまなかった。それを誰に感謝したらいいのだろう。人生は決して、平等ではない。

「私日記10　人生すべて道半ば」

◎鎖骨を折ったが……老年のすばらしさ

階段から五段ほど滑り落ちて、鎖骨を折った。恥ずかしいことだから記録しておいた方がいい。私は階段の途中にしゃがみ込むようにして止まったのだが、その直後の痛みはすさまじいものだった。とにかく体中痛い。呼吸と思考はできる。肘から先は指まで動く。膝から先も動く。これで老後はどうやら安泰だと判断したが、階段から自力で脱出する方法がなかった。私はこれで二回目の救急車のお世話になった。申しわけなく恥ずかしい。

鎖骨のとび出た個所は、レントゲンの結果折れた部分がうまく重なっているのでそのままにしておこうということになった。これも老年のすばらしさだ。あと数年、どうやら人間らしく生き続けられればいいのである。幸いにして折れたままで、私は字も書ける。少し痛いが顔も洗える。顔なんか洗えなくてもいいと思うのだが、皆が気にして訊《き》いてくれるので、洗ってみたのだ。

「私日記11　いいも悪いも、すべて自分のせい」

◎心配することはない、状況は必ず変わる

誰かが言っていた。心配することはない。ものごとはすべて変化する。ひどい痛みはいつかよくなるか、死んで終わるかする。親子関係の難しさも、両方が年を重ねて来ると、必ず不思議な解決が見えて来る。多くの場合、両者の関係が消えてなくなるのだが、状況は必ず変わるのだ。

「私日記11　いいも悪いも、すべて自分のせい」

◎心の癒しには友人に手を貸してもらう

心を受け止めてくれる一番楽な相手は友人である。昔からの私の生活の歴史を知っているし、私の性癖もよく心得ている。心の癒しには、友達に手を貸してもらうのが最上の方法なのだ。

「人生の収穫」

◎どん底の気分を切り抜ける

夫が亡くなって三ヵ月ほど経った或る晩、私は本を読む気力を失った。そういう静かな夜、私たち夫婦は会話をして時間をつぶしていたものなのである。相手のいない夜、友だちに長電話をするという人もいる。私はそれだけは自分に禁じていた。自分の虚しさを埋めるために、お酒を飲んだり、麻雀をしたりするのと、長電話は同じようなものであった。

このどん底の気分も、私は現実的な方法で切り抜けた。テレビで、少し硬派の番組を見ることにしたのである。訳はついていたが、多くは、外国語の番組だった。そして自分の知らない世界が、あまりに多いことを覚えると、私は単純に感傷的になっていられない乾いた気分になれたのである。

「自分流のすすめ」

◎体も「金属疲労」を起こす中年以後

中年になっても、どこも悪くない、病気とは縁がない、と言う人もいる。しかし実はそんな状態が続くという保証などどこにもない。物質は使えば必ず古くなってもろくなる。金属さえも「金属疲労」を起こすのだ。

私の友人は、或る日押入の整理をしていて、古いワンピースを見つけた。まだ着られるだろうか、と思って袖を通そうとしたが、昔の流行は袖ぐりがひどく小さかった。きついなあ、と思って脇の下を触った時、そこに異常なしこりを見つけた。乳癌《がん》発見の瞬間である。

この人はもともと大変健康で、気持ちも穏やかで明るい人だったので、手術を受けるというご難はあったが、それ以来ますます元気である。片方のおっぱいを取ったのに、なぜか手術後も同じ体重だった、というので、私たちは皆「どうしてよ。そんなおかしな算数はないじゃないの」と彼女を笑いものにして同情がなかった。
この人も厳密に暗く考えれば、片方の乳房になったのだから、五体満足とは言えない。しかし彼女はますます元気で輝いている。

「中年以後」

◎年を取る——たった一つのいいこと

年を取るといいことも皆無ではないけれど、私はやはり老齢はいいことではない、と考えている。重いものは持てない。早足で歩けない。すぐ疲れる。
たった一つ確実にいいことを挙げれば、長生きした分たくさんの人に会えて、今でも相手の強烈な個性に対する深い尊敬の上に成り立ったたくさんの友情が続いていることだ。これは私の財産で、だから私の老後は寂しくない。

「人生の醍醐味」

◎周囲を楽にする「人並みな運命」

人間は一般に、長寿を果たし穏やかに「畳の上で死にたい」という。確かにそれは「死者の始末」としては一番楽な結果だ。多くの人間が「人並みな運命」を希《ねが》っている。人並みなら文句を言わないから周囲が楽なのだ。

つまり世の中の多くのことは、「面倒が起きずに済めばめでたし、めでたし」なのである。

卑怯な私は他人に対しても「人並みなら、文句を言うことはないでしょう」という姿勢で接して来たし、自分にも「人並みなことをしてもらって何が不服だ」としばしば呟いて来たのである。

「自分流のすすめ」

◎「仕方なく」生きているという実感

別にお金になる勤めに出なくてもいい。人間も、料理、洗濯、掃除、片づけ物をしてこの世を生きるのが当然だということだ。私の場合、毎日料理という名の餌作りをする。生活上で持ち続けるこの緊張感が、私の場合は健康に役立っている。少し熱があってもだるくても、仕方がないから働く。一万歩は歩かず、ジムで運動もしないが、雑用をすれば自然に体は動いてくる。私はいつも「仕方なく」生きているという実感を持っているのだが、それをみじめだと感じたことはないのである。

「人は怖くて嘘をつく」

◎夏休み中、毎日妹をおぶって子守していた農家の子

夫は子供の頃から怠け者で、どうしたらラクに暮らせるかばかり考えていたそうです。文章はうまかったので、夏休みの間中日記を書かずにいて、八月の終り頃になってから全部書いたようですよ。三十日分を一度に書くにはコツがあって、曇りや雨など天気だけは友だちに教えてもらい、あとは「おばさんが西瓜《すいか》を持ってやってきた」「洗濯物を落としてお母さんにしかられた」などの出来事を、日付に飛び飛びに書いていく。そうすると文章に類似性がないから、絶対にばれないばかりか、結構いい出来になるらしくて、担任の

先生は「三浦の日記が一番いい」と褒めてくれたそうです。

その時、反対に駄目な例として挙げられた子のことを、彼はよく言うんです。一番ダメな日記を書いた子に、先生が罰として自分の日記を読ませた。

「八月一日、子守」「八月二日、子守」「八月三日、子守」……。

この子は、夏休みでもどこにも連れて行ってもらえない。遊園地や海水浴なんか無縁の農家の子で、毎日背中に妹をおぶわされて子守ばかりしている。だから、こうなったんでしょうね。でも、これは詩そのものです。

夫の話では、学校帰りに友達と柿を失敬してお百姓さんに怒鳴られて、大人が入って来られない竹やぶに逃げこんだ時も、その子は背中に妹をくくりつけていたそうです。やがて青年となって戦死したといいますが、夫はその人の生涯を今でも深くいたんでいますね。

私もその話を聞いて涙が出ました。


「人間の基本」

◎人生の幸せ、不幸を暗示する木漏れ日の存在

木漏れ日、というものは貴重だ。木の葉が風に揺れることで、決して同じところが日陰になり続けたり、ずっと日焼けをし続けることもない。優しいのである。

「人間の愚かさについて」

◎過去も未来も考えられるのが人間

人間には歴史が記憶されている。意味を持つのは今だけではない。過去も未来も考える。それができないのは、多分、人間としての資質より動物に近いのだろう。それを愚かと言い切っていいのかどうか私にはわからないが、自分が直接体験しなかった時間や歴史までを人間が考えなくなったら、ずいぶん単純なものになるだろう、という気はする。

「人間関係」

◎一人の人間の中の天使と悪魔

ものを少なくすれば、人間の頭脳や知性が足りないものを補う。静謐《せいひつ》の中にわずかな言葉があれば、それを頼りに人間は自分を見つけ出そうとする。うすっぺらな不幸を売り物にしているドラマを見せられると、一人の人間の中には強烈な天使と悪魔がいるのに、その双方はどうしたのだろう、と私も反射的に思うことがある。

「人生の持ち時間」

◎払った犠牲や危険があるから人生は面白い

私は時々、日本の女性たちが、男女同権にならないのは当然だと思うことがある。多くの女性が、私が少し辺鄙《へんぴ》な土地へ行く旅に誘うとすぐ、「そんなとこ、怖いわ」と言うのである。

もっとも男にもほとんど勇気のない人はざらにいて、暑いから（寒いから）、汚いから、病気が蔓延《まんえん》しているから、政治情勢が危ないから、遠いから、酒が飲めないから、食べ物が口に合わないから、医療設備が悪いから、などあらゆる理由で、安全な日本にだけいたがる人が多い。

私の実感によると、人生の面白さは、そのために払った犠牲や危険と、かなり正確に比例している。冒険しないで面白い人生はない、と言ってもいい。


「人生の収穫」

◎「若い時より体力もあって元気」は本当か

私は性格的に、いつも悪い事態が自分に起こると考えることだけは達者だった。子供の時から、運命の暗い面だけを予測して生きてきたのである。

そうでない性格の人も結構いるのだ。そういう人は、私と違って、いつも明るくて、建設的な思考方法がうまい。しかし多分人生には、どちらの性癖の人も、それなりに、お役に立つ場はあるのだろう。

しかし原則は一つある。誰でも年を取るという絶対の変化である。時々健康な高齢者がテレビなどに出てきて、「私、若い時より体力もあって元気です」というようなことを言うが、あれは非常に特別な人か、若い時に病気を患っていた人であろう。人間は年を取るとそれなりに体力も衰えるのが、自然の原則である。

それを見越して若い時から、年取っても動けるように自分なりの工夫をすることの方が、私には地道な準備をしているように思えてならないのである。

「人生の退き際」

◎ちょっとした幸せは「生活」の中にある

幸せといったって大したものではない。清潔に暮らし、質素でも身体にいい食事をし、各人の目的に適った生涯を送ってもらえるように計らう。のんきに休む日も必要なら、無理しても働かねばならない日もあるだろう。それが生活というものだ。

「人生の退き際」

◎一日に一つ、気になることを解決する

私は今、一日に一つだけ気になることを解決するのを習慣にしている。食器棚にこびりついた汚れを取るだけでも「一日一善」で、大目的を達成したようないい気分だ。

「人生の醍醐味」

◎変だが、安上がりで便利なもの

サンマは焼きたてが命だから、客人も台所のテーブルで食べる。脂がまだじゅーじゅー言っていそうな熱いのを出せればたいていい絶品である。ひじきは、見た目にはまことに美しいとは言えない食べ物だが、友人はご飯を残しておいて、そこに丼に入ったひじきをたっぷりとかけて毎回食べている。こういう食べ物は、どんなホテルでもこんなに大量に供されないそうだが、私としては、「変なものが好きなんだなあ」と頭の中で考えながら、同時に「しかし、こういうものを好きなおかずとして思ってくれるなんて、安上がりで便

利だなあ」とも思う。

「人生の醍醐味」

◎要求したら得られないものとは

しかし考えてみると、優しさもまた、要求したら得られないものの典型である。「あの人に愛してほしい」という求愛の感情といっしょで、「私を愛してください」と要求したら、まず相手はうんざりして逃げ出す。

世の中には、追い求めたら逃げていき、求めない時だけ与えられるという皮肉なものが、意外と多い。優しさもまた同じだ。

優しくしてほしかったら、自分が優しくする他はない。あるいは、周囲の状況や他人の優しさに敏感に気づき、感謝のできる人間になる他はない。

「人生の醍醐味」

◎苦悩の多くは「執着」から始まる

私は親たちの暮しを見て、人間の生涯というものはどう考えてもろくなものではなさそうだ、と考えたのであった。そしてその時以来、私は何事にも一歩引き下って不信の念をもって見られる癖がついたのである。すると人間のどの生活にも哀しい面があることがわかった。それだからこそあちらもこちらも許し、許さねばならないのだと思うようになった。私は今でもしばしば自分が狭量であることにぶつかるが、これでも私の持って生まれた性格から見れば、ずっと寛大になったのである。

世の中をろくでもない所だと思えばこそ、私は初めから何ごとも諦《あきら》められるという技術を身につけた。それは少なくとも、私にかなりの自由と勇気を与えてくれた。人間の苦悩の多くは、人間としての可能性の範囲をこえた執着を持つ所から始まるのかも知れないとも思った。

「絶望からの出発」

◎自分の眼が人一倍悪い、という自覚

私は次第に見えないことに馴れて行った。もともと生まれた時からの強度の近視である。小学校一年生の時にはもう黒板の字を見るのが辛かった。晴れた日はいいのだが、暗い雨の日だと黒板の字が見えなくなるので、手をあげて前の方の欠席の子の席に出してもらっていた。

私が小説家になりたいと思ったのは小学校六年生の時だが、その理由は、私に科学的な頭も運動神経も音楽の才能もなくて、文章を書くことだけが楽だったということもあるが、その心理的な背景には、自分の眼が人一倍悪いという自覚もあったと思う。

「贈られた眼の記録」

◎親のせいか、子供のせいか

私たちの周囲には、理由のわからない家庭環境ができる。私の直接の知り合いではない

が、双子の息子のうち、一人だけを溺愛し、もう一人には、やや憎悪の感情を抱いている母親がいるという話を聞いたことがある。二人の息子は同じように育った。外見上も、喋り方も、他人には見分けがつかないほど似ている二人だと言う。成績も同じようなもので、どちらか一人が秀才で、他方が鈍才、という訳でもない。それでいて、親は一人を愛し、一人を憎んだ、と言うのである。

すべてこういう悪い状態になったのは、親のせいだと言い続ける娘がいて、その親たちというのを、私は少し知っていたのだが、ごく普通の人たちであった。理想を言えば切りがないが、常識的で、穏やかで、悪いことはせず、経済的にも、平均値的な生活をしている家庭であった。それでも娘は親を非難していた。

第一それほど悪い親なら、娘は一定の年齢に達したら、さっさと親を棄てて自立すればいいのである。私の知り合いで、家出した息子や娘はけっこういる。皆後で、きちんと親子関係を取り戻したが、つまり誰もが、親の庇護を離れても生きていけることを示したい年頃があるのである。だから彼らはいい武者修行をして来たのだ、と私は思うことにしている。

九十五パーセントの家庭が歪《ゆが》んでいる、と私はこのごろ、思うようになった。五パーセントくらいは、自分の家庭は健全だと言う人がいるだろうが、もしかすると、自分の家庭が健全だと言い切る神経は最も歪んでいるのかもしれない。私の家も当然九十五パーセントの中に入っていた。しかし途中から、私はそれはそれとして、そんなものだ、と思ってもらおう、と思うようになったのである。「中年以後」

◎人は生来、好きなことをして稼げれば幸福

人生で好きなことさえあれば、人間は必ず生きていける。ひとかどの者になれる。「受身の好き」だけではだめだ。マンガを読む、ゲームをする、チャットをする、洋服を買いに歩く、お化粧に夢中になる。この程度の誰にでもできることをするだけでは、お金になるわけがない。

人生で仕事と呼ばれて収入を得るには、すべて辛さに何年も耐え、自分で工夫することが昔から条件だった。今はそれでもずいぶん楽になって、修行中の辛さは減り、一人でそれほど耐えたり考えたりしなくても、月給だけはくれるところが多くなった。しかし誰に

でもできる平凡な仕事には楽しさがない。人は生来好きなことをして稼ぐことが、幸福になる秘訣なのである。

「不幸は人生の財産」

◎「これくらい我慢しよう」が、夫婦の愛情

「これくらい我慢しよう」というのが、夫婦の愛情ですね。そのくらいがいいんです、お互いに。無理しなくてもいいんですよ。いい加減に、相手の目をくらましながら生きていくのが、私は好きですね。そのほうが楽しいですから。

寛大さは必要です。寛大さがなかったら、夫婦生活、結婚生活は地獄になります。いちいち目くじらを立てて、すぐに怒ったりして。

思う通りにいかないことを笑って楽しむような空気がないと、いたたまれないでしょう。

「夫婦のルール」

◎思いたって始めるに遅いことはない

四十代から五十代は、人間は急がねばならない。その間になすべきことをしておかないと、もう肉体がついていけなくなる。四十になって、なにか打ちこむものを持たぬ人は、人生を半分失敗しかかっている。しかしまだすぐ思いたって始めれば、時間は充分にある。ゆっくりした老年に入る前には、充実したきびきびした壮年時代が必要である。

「完本　戒老録」

◎西日は夏はきついが冬温かい

家の向きを、ほんの少し真南より西に振ったのも母だった。そのせいで、夏は西日がきついが、冬はいつまでも明るく温かい。母は自分の結婚生活が不幸で暗かったから、せめて温かい西日を冬の日にも求めたのだろう。

私も根は心が弱く、ものごとの暗い面ばかり考えるたちだったから、西日を大切にすると寒い冬にもどんなに心理的に救われるか、身を以《もっ》て知るようになっていたのである。

「風通しのいい生き方」

◎「人と比べる」と不幸が生まれる

人と比べるところに、今の日本の不幸が潜んでいる、と思える時はありますね。私は、あまり比べない。だって、できないことはできないですから。それは、私の大いなる甘さなんですけどね。私のできること、できないことって、範囲が決まっているんですよ。ほどほどでいいんです。

「夫婦のルール」

◎この世で起きることはすべて「変化」していく

この世で起きることは、計算通りではない。予定していたことも、していなかったことも、すべて音も立てずに変化して行くのだから、人間の配慮というものにも、限界はある、と最近は感じているのである。

「人生の持ち時間」

◎苛《いじ》めはなぜ解決できないのか

現世にはほぼ解決できないと思われる負の状況が必ずある。病気、死別、歪んだ性欲、などがそれに当たるだろうか。そして苛《いじ》めという密かな快楽もまたその範疇《はんちゅう》に入れねばならないだろう。私たちは、生きている限り、誰かによって、どこかで、様々な表現で苛められるのである。

「風通しのいい生き方」

◎「生き続ける」ということ

八十代の半ばを過ぎると、生き方の軸の取り方がわからなくなってくる。同級生はまだほとんどが元気で、自分のことくらい自分でやれるし、部屋の模様替えをするのさえ趣味で、前回訪れた時と箪笥《たんす》の位置まで変わっている友人もいる。部屋の使い勝手が悪いと感じたので、ある日一人で動かしたのだそうだ。

私の場合はどうかというと、今置いてある家具の配置が少し不便でも、それで死ぬまでガマンすればいいや、という心境になっている。これはこれで怠け者として、ささやかな人生の生き方が決まったようなものだ。

正直なところ、長生きした方がいいのか、適当な時に人生を切り上げた方がいいのか、わからない。後者の方が明らかにいいとは思っているのだが、生命だけは自分でその長短を操作してはならない。後に残される家族が、平穏な気分で、その死を見送れないからである。

高齢者が、長生きすることは、確かに問題だ。悪いとは言わないが問題も出てくる。他人の重荷にもなるが、当人が苦しむ部分も出てくる。

家事ができなくなると女性は生きる甲斐《かい》のない人生だと思う。男性も職場を失うと自分の存在価値に疑いを持つ人もいる。

本当は生きているだけで、人間存在の意味はあるのだが、ただ食べて排泄《はいせつ》して眠っているだけでは人間ではない、という主観にとらわれている人もいる。
しかしこんなことは考えなくていいのだ。生き続けているということは、その人に運命が「生きなさい」と命じていることだから。だから表面だけでも明るく日々を送って、感謝で人を喜ばせ、草一本でも抜くことや、お茶碗《ちゃわん》一個を洗うことで皆の役に立つ生活を考えればいい。

「死生論」

◎今、手にしているわずかな幸福を喜べるか

人間は嘆き、悲しみ、怒ることには天賦《てんぷ》の才能が与えられている。しかし今手にしているわずかな幸福を発見して喜ぶことは意外と上手ではないのだ。

「揺れる大地に立って」

◎なぜ、たいていの人は人生の成功者か

この世のたいていの人は人生の成功者なのだ。多くの人が子供を育て、老人のめんどうを見、会社で決められた仕事を正確に勤め上げ、家では家族のためにご飯を作ったりもしただろう。それらは、人を殺すどころではなく、人を生かす目的のための行為であった。とすれば、その人の人生は大成功だったのだ。

もっとも自分の周囲の人の生活を慎みをもって知り、その生涯に尊敬をささげ、あるいはその独自の生き方をいとおしむことができれば、「大成功」の人生はさらに「大大成功」になる。

「人生の醍醐味」

◎誰かに「必要とされる」ことの幸せ

人はある能力によって、他人に思い出してもらえる時に幸福なのだ。ただ単に「大食い」だからでもいい。野外で食事の支度をしていたら、大鍋の汁を作り過ぎた。多分余り

そうだから、「あいつを呼ぼう」でもいい。そこに一人で三杯汁どころか五杯汁だって平気という豪傑がニコニコ笑いながらやって来て、おつゆを何杯もお代わりして平らげてくれれば、食卓全体が明るくなる。

誰でも「呼ばれている」という感覚は嬉しい。どんな小さなことでもいい。だから呼んで頼むこともいい。頼まれた人も、ひがまずにいそいそとそのグループに加わって自分のできることをするのだ。

老世代が皆健康になって、退職後に、二、三十年もまだ充分に「人間をやっていける」人が増えた。その時、彼、または彼女の行動を妨げているのは、最盛期の自分に関する尊大な記憶らしい。男なら組織の出世グループの一人として活躍していた時代、女ならモテ美女として報われていた時代、のそれぞれの記憶から脱し切れないのだという。

しかし今でも、誰かに呼ばれている、必要とされている、ということは、どんな些細《ささい》なことでも、神が呼んでいる、神がその人をその時必要としている、ということでもある。そう思えば自分の現在を惨めに思うどころか、楽しくなる面も見いだせるはずだ。

「死生論」

第四章　幼稚か、成熟か

◎「遠慮」という自分の分《ぶん》を守る精神

最近、私の周囲を見回すと、実にもらうことに平気な人が多くなった。「もらえば得じゃない」とか「もらわなきゃ損よ」とか、そういう言葉をよく聞くようになったのである。「介護もどんどん受けたらいいじゃないの。介護保険料を払ってるんだから、もらわなきゃ損よ」とはっきり言う。

受ける介護のランクを決める時には、できるだけ弱々しく、考えも混乱しているように装った方がいいとか、そういう哀しい知恵だけはどんどん発達する。

昔、少なくとも明治生まれの母たちの世代には、もう少し別の美学があった。その当時の人々は、今の高校二年生までに当たる女学校を出ていれば高い教育を受けた方であった。師範学校とか、戦前の大学を出ている女性などというのは、ほんとうの少数派であった。今の人たちに比べると、教育の程度はずいぶん低かったのである。

しかし精神の浅ましさはなかった。遠慮という言葉で表される自分の分《ぶん》を守る精神もあったし、受ければ、感謝やお返しをする気分がまず生まれた。「人間にとって成熟とは何か」

◎「トクをする」という言葉につきまとうもの

私は「トクをする」という言葉がかなり嫌いである。トクをしたこともあるし、トクをすればシメシメと思わぬでもないが、トクをするというのは、不当に報いられることだから、不安定な状態でいやだし、恥かしさもつきまとう。

「絶望からの出発」

◎成熟した大人とは

人間は誰しも、自分の苦痛が一番辛く、自分の哀しみが何より深いと感じる。しかし大人なら、決して自分の苦悩や悲しみを、他人も同じ程度に共有してくれるとは思わない。それが成熟した大人というものだ。

「人間の愚かさについて」

◎もう結果を人のせいにできない中年以後

中年以後は、自分を充分に律しなくてはならない。自分にしっかりとした轡《くつわ》をかけて、自分の好きな足どりで、しっかり自分自身を馭《ぎょ》さなくてはならない。

もう結果を人のせいにできる年ではないのだ。普通の人なら、親と離れてからの時間の方が長い。たとえ親がどんな人であろうと、その間に充分自分を育てる時間もあったはずだ。

中年以後がもし利己的であったら、それはまことに幼く醜く、白けたものになる。老年は自分のことだけでなく、人のことを充分に考える年だ。自分の運命だけでなく、人の運命さえも、もしそれが流されているならば、何とかして手を差し延べて救おうとすべき年齢なのである。

「中年以後」

◎「謙虚な賢さ」はなぜ失われたか

昔の人たちは、「私にはとうていそんな大それた仕事は務まりません」という謙虚な賢さがあった。それは同時に自分より偉い人の才能を見分け、偉い人には従おう習おうという伸びやかな人間性の存在を示していた。

昔の人は道徳的にも学問的にも自分の弱点を知れば、それを矯《た》め直そうとしたが、その基本的情熱は己を知る謙虚さにあった。しかし今は根拠のない自信が蔓延《まんえん》した。度を超えた個人尊重と、知識を持つことだけが教育と思われるようになったから、だれもこの愚かさに手出しできなくなった。

「不幸は人生の財産」

◎自分を「愚かだなあ」と思うことも必要

年をとるほど、私は人間の自然さが好きになった。いいことではないが、腹を立てる時は立てたらいいのである。愚かしい判断をしそうになったら「愚かだなあ」と自分を思いながら、愚かしい判断に運命を委ねたらいいのである。その愚かしい経過がないと、人間は身についた賢さを持てないような気もする。

「中年以後」

◎人生理解のスタートライン

冬のこたつは、社交の場でもあった。友達が来ても、こたつの上で焼き餅や蜜柑《みかん》を食べる。母の友達が来てもそこへ通されるが、私も一隅においてくれる。私は本を読むか宿題をするふりをしながら、実は大人の話を興味津々で聞いていた。

子供が子供部屋で孤立しないということは、実に大きな意味を持っている。親たちは子供には気を許して、世間話に熱中していた。嘘つきは悪いという話。お金に関してケチな人とだらしのない人の話。世渡りなるものの機微。男女の関係が家庭に悶着をもたらす経緯。学校の成績が悪くても魅力ある人の秘密。この茶の間の話と読書が、私にすべての人生理解のスタートラインを教えてくれたと言ってもいい。

「『群れない』生き方」

◎嘘でも「明るい顔」を見せる理由

ここ一週間ほど、私は時々落ち込んでいた。帯状疱疹《ほうしん》に罹《かか》って、痛み止めの薬づけになった日があったからである。

その間つくづく、病人であろうと老人であろうと、暗い顔をして機嫌が悪いということは、社会や家庭において純粋の悪だということを実感した。

病人なら仕方がない。年をとったら口もきかず仏頂面をしていても当然、という一種の優しさが世間にはある。しかし人口の約四分の一だか三分の一だかが高齢者になる時代に、そんなに機嫌の悪い人がたくさん世間にいられたらたまらない、というのが私の素朴な実感だ。

私の子供の頃、社会も学校も親も、耐えることをよく教えてくれた。しかし今は、子供の希望はできるだけ叶《かな》え、生活環境の苦痛は可能な限り取り除くのが当然、ということになった。

耐えるということは、一種の嘘をつくことだ。辛《つら》くてもそういう表情をしないことだから、そこにいささかの内面の葛藤は要る。他人が不愉快になるだろうから、できるだけ明るい顔をするということは本来一種の義務なのだが、そんな嘘はつかなくていいという人もいる。またそうしたいと思ってもできない状況はあるのだが、私は改めて子供には日常性を失わないで済むだけの嘘をつく（耐える）気力を教え、大人や高齢者にはどんなに辛くとも周囲に対して我慢と礼儀を尽くせ、という教育をしなおした方がいいと思うようになった。

子供は正直がいい、という。もちろんくだらない嘘はつかないことだ。しかし少し大きくなったら、自分を表現することに関しては、少々の嘘くらいつけて、明るい顔ができなくては困るのである。

「人は怖くて嘘をつく」

◎「威張る人」の二面性

威張る人は言葉遣いでわかる。初対面の私に「ああ、そう」「ご苦労さんだね」などと言う。初対面の人に対しては、ごく普通の日本語を使っておけばいいのである。つまり「ああそうですか」「ご苦労さんでしたね」と言えばいい。

私は昔風の母に、年齢で年上の人には「ありがとうございました」と言うようにしつけられたが、最近では「ご苦労さま」とか「お疲れさんでした」とかいうテレビ局用語が一般的になって来た。そういう細かいことは別として、「です」「でした」の代わりに「だね」「だったね」しか使えない人というのが世間にいて、田舎暮らしの高齢者ならいざしらず、私はどこか無知で威張っているような感じを受ける。この手の粗野な人は霞が関のエリートにもいて、少し地位ができるとたんに言葉が尊大になり、言葉遣いに関して感覚が粗いことが丸見えになる。

威張る人の中には、素早く相手を見て、この人の前では威張ってはいけない、ということを見極め、きわめて気さくに謙虚に振る舞いながら、そういう相手のいないところでは、人が変わったように威張る人というのがいるのだという。

私がよく知っている人で、私自身はずっと気さくで穏やかな人だという印象を持ち続けている男性がいた。私の知人の女性は、一度大勢の中の一人としてその人に紹介されたが、「もちろん大勢の人の一人でしたから、私の名前なんかお覚えにならないのは、当然ですし」と彼女は言っていた。名前を覚える覚えないではない。その「大物」と思われる人物は、部下たちだけのところでは、人が変わったように尊大に振る舞うというところを彼女に見られたらしい。そんな二面性があると、私は想像だにしなかったので、実はびっくりしたのである。

「人間にとって成熟とは何か」

◎知識だけでは人生は渡れない

登山の価値は、実際に山に登って辛い思いをすることでしか理解できない。同じように、ニーチェの思想も流行の「超訳」を読んだぐらいでわかるものではありません。知識と体験は全く別物なのであって、体験に知識が供給される時に初めて、思想としての命が吹き込まれる。それなのに、その片方が欠けてしまったら役に立たないように思うんですね。

思想というものは、自分自身の生活と体験によってしかがっちり捕まえることはできませんし、知識だけで人生を渡って行くのは無理な話です。それがわからないと、現実感覚まで狂い始めるでしょう。

「人間の基本」

◎なぜ不倫は大きな罪なのか

不倫も浮気も致し方ない場合は確かにあると私は思っている。この世には人間の想像できる範囲外まで、あらゆる成り行きが起きてしまう。

ただ一夫一婦制を前提とした社会では、こうした成り行きが反社会的なことだという常識を承認した時に、逆に初めて人間的になることもほんとうなのだ。何をしても自由なのだったら、何もドラマは生まれない。浮気が一過性の病気と同じようなものだというなら、交尾期の犬と同じことをしているわけだ。

不倫は大きな罪だと私は思っている。理由は簡単だ。

不倫によって一軒或《あ る》いは二軒の家庭が崩壊に瀕することになるからだ。配偶者に裏切られた人たちは人間不信から生涯抜けられないだろうし、そこで育つ子供たちも平凡な家庭の幸せを奪われる。子供たちは（家庭）内戦（争）の犠牲者だと言ってもいい。そうした状況や結果を考えられない利己主義はつまり幼稚なのだが、幼稚な人は人間としてもあまり感動的ではないし、物語としてもおもしろくないのが、私には困るのである。

「『群れない』生き方」

◎若い世代にも広がった「くれない族」

他罰的な傾向は無限に不満を生む。「してくれない」という不満が蔓延する。これを「くれない族」というのだ。くれない族はかつては、老人特有の病気だったが、今では十代でも、三十代でも患者がいる。精神的異常老化病である。

「なぜ子供のままの大人が増えたのか」

◎自分の人生は自分一人で創る

二十歳にもなったら、もう七五三の時のような幼稚な楽しみはやめて、人間としての自分を一人で創る人生に目的を切りかえた方がいい。

晴れ着がどうしてもほしかったら、前々からアルバイトをして百万円貯めて自分で買う方がいい。卒業の日までにするべきことは、一生続けてもいい好きな道を明確にすることだ。好きなことのない人は、ろくな人生を歩けない。

それは学校を出た時、パートナーが見つからなくても、自分一人で歩くことの可能な人生を始めるためだ。そして卒業の日から一人で最初の一歩を歩きだす、それが成人の日に用意する仕事だ。

「死生論」

◎他人は我慢しているだけ

家庭は心を許してもいい所なのだが、それでも、相手を傷つけるようなことを、平気で口にしてもいい、ということはなり立たない。

「私くらい年をとれば、少しぐらい何を言ったって許されるのよ」

と言った老女に会ったことがある。そうだろうか。この一見無邪気さと見えるものに、人々はただヘキエキしただけなのだ。他人が我慢していることを、彼女は許された、と勘違いしたのである。

「完本　戒老録」

◎人間の分際を越えなくていい生き方

人間が不当に思い上がることなく、動物と同じに天気の顔色を見ながら暮らす。私はそういう生き方が、人間の分際を越えなくていいような気がするのである。

「『群れない』生き方」

◎危険を避ける「感覚」を伸ばす

昔の親たちは、子供に、夜道を歩いてはいけない、家には早く帰れなどという門限を作ったりした。子供からみると、いつも煩《うるさ》くてたまらない制限だった。しかしそのようにして、動物として危険を避けることのできる感覚を伸ばす訓練をしていたのである。

「死生論」

◎「気品」は何によって生まれるか

品というものは、多分に勉強によって身につく。本を読み、謙虚に他人の言動から学び、感謝を忘れず、利己的にならないことだ。受けるだけでなく、与えることは光栄だと考えていると、それだけでその人には気品が感じられるようになるものである。

健康を志向し、美容に心がける。たいていの人が、その二点については比較的熱心にやっている。しかし教養をつけ、心を鍛える、という内面の管理についてはあまり熱心ではない。どうしてなのだろう、と私は時々不思議に思っている。「人間にとって成熟とは何か」

◎自分で処理できない心づかいはしてはいけない

若い時からよく気のつく人で、年をとってもなお、盆暮の贈り物、病気見舞、冠婚葬祭の時の祝儀不祝儀《ぶしゅうぎ》を、完全にしないと気がすまないという人がいる。社会的にもいわゆる「大奥さま」のそのような心づかいが、ちゃんと伝わるように人手の揃《そろ》っている家ならばいいが、他人に命じてそれを続けることはよくない。

自分の健康、体力、財力が、それをできなくなったら、そのような交際からはごく自然に引退するほうがいいと思う。

「完本　戒老録」

◎自分の価値観を押し付けないのが大人

いまの世の中の人々のほとんどが、「自分と反対の論理は間違いだ」という価値観を持っています。

しかし、それは子どもっぽい考え方なのでしょう。自分の考えに正しい論理があるように、反対の考えにも正しい論理がある。そこをきちんとわきまえて、自分の正しさを他人に押し付けることなく、一人ひとりが自分の信じるところにしたがって行動する。それが大人というものでしょう。

「幸せは弱さにある」

◎嫁らしいことは全然していない

夫の役割、とか、妻の役割、とか、こうであらねばならない、みたいに肩に力が入りすぎていたら苦しくなりますね。私だって、料理もしなかったし、嫁らしいことは全然していませんからね、特に結婚生活の前半は。もっと肩の力を抜いたらいいんですよ。両方とも、未熟なんですから。

「夫婦のルール」

◎「悔い」はないのもおかしい

悔いはできるだけないほうがいいけど、ないのもおかしいんですよ。悔いのない人生って、陰影がなくて気持ちが悪いじゃないですか。

「死という最後の未来」

◎自分の能力を過信し、思い上がってはいけない

人間がそれぞれに与えられている能力ほど違うものはない。体力や気力をしっかりと持っている人は、自ら鍛えたのでもあろうが、もとはと言えば、鍛錬に耐えることのできる性格や体質を与えられたのである。すべて自分の力でそうなったのではないから、思い上がりたくはないと思う。

「完本　戒老録」

◎それは友情とはいえない

私が腹が立ったのは、私と同年の友達が、ある人のお葬式に出かける際に、ばったり会った時のことなんです。聞くと、「主人が亡くなったので、ちょっとだけでいいからお顔を出していただきたい」と知り合いから電話がかかってきたと言うんですね。電話をかけてきた奥さんとは、どこかのお稽古事で知り合って、亡くなられた方のことは直接は知らないと言います。真冬の寒い時で、雨の日だった。しかも彼女は年寄りの身で、風邪を引

いて、ごほごほ咳をしていた。思わず「あなた、絶交したら」って、彼女に言いましたよ。こちらの事情など、何ひとつ考えていない。参列者の数のことだけしか頭になく、見せつけたいだけ。それは友情とはいえない。

本当の友情というのは、相手の健康や幸せを望むことであって、自分の家の名誉だの、社会的な見栄に使われるべきではないですからね。私なら行きませんし、その後のおつき合いもしません。


「死という最後の未来」

◎大人げのない、ふくよかでない人

人間は時々、「後で考えると、適当ではなかった」と思われる発言をするものだ。その一言だけを捉えて、辞職に追い込んだりするのは、幼児性の表れである。ある人がにっこり笑いながら「ほんとに、あのときは殺してやりたかったですよ」と言ったからといって、殆《ほとん》どの人は殺人を犯さないものだから、こういう会話が生まれる。

「それで何人死んだんだ」という日本語を、反語ではなく使った人がいたとしても、多分同じ人は、死に面している人を見れば反射的に救おうとするものなのである。一人の人間の中には、悪魔と神の要素が同居している場合が多い。

人間そのものの大人げがなくなったということと、国語力の衰退との双方で、間違ってはいないが、ふくよかではない人が増えたとしたら、それも大きな問題である。

「死生論」

◎希求すれば「安心して暮らせる」のか

誰もが平等と公平を希求することはまちがいない。しかし希求することと、それがいとも簡単に実現するように思うこととは、全く違う。努力と誠意で世の中を構築し続ければ必ず「安心して暮らせる」日常が与えられるという甘い観念を持たされていたのである。

「揺れる大地に立って」

◎老化の度合いをはかる

明確に、老化の度合いを心理的にはかることができる。

新しい道具を与えられると、どう使っていいかわからない。何度、人から説明されても、説明書を読んでも、自分にはわかりっこない、と思う。どんなに高い教育を受けていても、知能が高くても、わからないと決めてかかって、そんな新しい器具を使わせられるくらいなら、少々の不便は我慢してもいいから、今のままがいい、と拒絶する。

この徴候は若いひとにもあるが、心理的老化とはかなりその度合いを一致するもののように見える。

使いそこなうことは、その人の性格と能力の問題である。しかし、初めから使わないと拒否することは老化である。

「完本　戒老録」

◎自分の存在・仕事を「たかが」と思えばいい

世の中に要らない職業は一つもない。総理大臣も大切だろうが、最も小さな立場を守る人は、ある意味でもっと大切だ。総理大臣は数日欠員のままでも国は動くだろうが、病棟の清掃に従事する人たちが消えたら、社会はすぐに感染症が蔓延するだろう。

しかし総理大臣でない人は、お酒でも飲むと「オレなんかたかがサラリーマンで」などと言っているかもしれない。私は「嘘をつくことを仕事にするたかが小説家の言うことですからね。全く気になさらなくていいんですよ」と言っている。

自分の存在、やっている仕事をすべて「たかが」と思えるかどうかが大切なのだ。現実には、世間に大して影響力を持たない文章を書いている私でさえ、仕事の時には現在私の持っている総力をあげようとしている。だから微熱があったらもういい文章は書けない、と思い込んでいる。

どの小説家でも、一生に一度や二度は、あなたの作品を読んで自殺しないですみました、というような手紙をもらっているだろう。しかし自殺しなかったということは、作家の文章力の結果ではなく、受け取った人の魂が復活したからなのである。「たかが」他人である作家に、一人の人の命を救うような大きな仕事はできない。

簡単なものだ。私は一人の小説家としてはあくまで「たかが小説」に生涯を捧げる職業についていると思えばいいのだ。こちらは一生懸命だろうと、その影響は大してないのだ、と自覚することである。小説家が偉大な仕事をしているなどと思い始めたら、その瞬間からその人の文章は腐臭を放つだろう。

「死生論」

◎人生が熟すのは、中年以降

私は中年以降にしか、人生は熟さないと思っています。生涯の黄昏《たそがれ》という時期に入っていって、十分に孤独を知ってこそ、人生は完熟していく。友情もそのようにしてじっくりと育まれていくものだし、さまざまな芸術もそこから生み出されていくのではないでしょうか。

フランシス・ベーコンの『随筆集』の「逆境について」という章に、「順境は悪徳を一番よく表すが、逆境は美徳を一番よく表すものなのである」と書いてあるの。加齢は人に知恵を与えますし、悲しみは人生を深くしてくれる。多くの感情を経て、わかっていくものなのでしょう。

「死という最後の未来」

◎「この旅行が楽しみになったら止めましょう」

ボランティアたちは、多くの場合、質素な生活環境で、厳しい仕事をすることを覚悟して来ている。嫌なら断れる仕事なのである。

やっと生活できるだけの宿泊施設は、暑く、寒く、寝床も食事もお粗末である。身体的には辛い生活だ。しかしそれを乗り越えると、大きな仕事を果たしたという充足感が与えられる。

人間は複雑なものだ。楽な仕事を選びたいという労働の原則に変わりはないのだが、時には自分の力の限度を試すために、苛酷な状況も受け入れる。ボランティアをする人たちは、多くの場合、苦労した体験を喜んでくれる。だからといって企画者が、危険や困難を防がなくていい、というわけではないが……。

昔、毎年のように障害者たちと、イスラエルなどの聖書の土地へ勉強にでかけていた時代、第一回目の旅に出発する時、指導司祭の神父が私に言った。

「お互いに、この旅行が楽しみになったら止めましょう」

それは自分の満足のためであって、少しも奉仕ではないのだ、ということである。

しかし私の感覚では、思いがけぬ雨風、乗り物の遅れ、ホテルの不備、意外な人物との邂逅《かいこう》など、いささかの困難もある旅だったりすると、その実感が手応えのある楽しいものに変わることも多かったのだ。

だから奉仕活動に全く楽しさがないと言ったらこれも嘘になる。別れる時、障害者は「お世話になりました」と言ってくれるが、私たちに旅の喜びを与えたのは、ほかならぬ彼らの存在なのである。

要は、人間関係の複雑な予期せざる結果を、味わうか味わえないかの問題である。


「死生論」

◎したいことだけするのは、幼児性の表れ

したいことだけしようとするのは、つまり幼児性の表れである。大人だってほんとうはしたいことだけしていたいのだが、そうはいかない。やはりすべきことをしなければ、と思う。そして思いがけないことだが、したくないこともした時、初めて、人は自分が必要とされている存在であることを感じ、現世に生きている意義を見つけて、不思議なことに心が満たされるのである。もちろん例外もあるが、多くの人はこういう心理の経過を辿《たど》る。

「なぜ子供のままの大人が増えたのか」

◎危険を予知する「本能」を育てる

危険を予知する本能も、危険のある土地へ行かないと、鋭くならない。しかし今、青年たち自身も、危険があったり不便だったりする場所に行きたがらない。

空港で隣に座った人が、スリか泥棒かもしれない、と疑うこと自体が、人道的でないと

考える。私はまず疑って、そうでないことがわかると、疑った自分の目のなさも、いやらしさも内心で責めることにしている。しかしこの醜い操作のおかげで、今までのところはお金もパスポートも失ったことがない。

どうしたら若者たちを、許容できる範囲の危険の中に連れ出せるか。本当は十代も後半になればすべて起こったことは当人の責任、次に親の責任なのだが、この線引きがむずかしい。しかしこの通過儀礼のような危険体験をしないと、男でも女でも、基本的に一人前の強い人間にはならないようだ。

「死生論」

◎他者に対する労《いたわ》りの基本

人間に必要なのは、人と礼儀正しく語れることと、沈黙を守って自分を失わないことの双方である。今はそのどちらの時か、素早く判別することは、他者に対する労《いたわ》りの基本だ。しかし簡単そうに見えるこんなことが、実はかなりむずかしいことなのである。

「私の漂流記」

◎なぜ人との出会いが豊かさを生むのか

この世に生まれてくるのは、人に会うためなのである。人と出会ってその豊かな才能を見ることが、楽しみでもあり豊かさでもあると、私は始終感じている。会社のように人の集まりで仕事をしている組織なら、社員の異なった性格や才能のおかげで、儲《もう》けもするだろうし、損もするだろうということは、明白である。

人間というものは、実に精巧に作られていて、一人一人違う。私たちは個性的でありたいと願いながら、外で服を買うとすればまず似たような既製品を買う他はない。しかし既成品の服ほどに、同じような人間はめったにいないということを思うと、この個性的な人間の存在を、どれほど貴重なものと思うべきかを、子供たちにも、幼い時からはっきり教えるのも親の務めなのだろうと思う。

親が、人と会うのは楽しいことだ、と言えば、子供は大体そう思う。初めの教育が日本にはないのだろう。

「死生論」

◎他人の心奥《しんおう》はわかるはずがない

誰もが、時に応じて、似たり寄ったりのちょっといいことをしたり、ちょっとさぼったりして生きている。
その点を常に深く心に銘じていないと、他人をその心奥《しんおう》までわかったつもりになって裁くという恐ろしい行為をすることになる。

「私日記6　食べても食べても減らない菜っ葉」

◎「矜持《きょうじ》」のない行動をする人たち

おいしいと言われる店の前に、長い列を作って並ぶ人の気持が、私はまだわからない。私も相当食いしん坊だが、今までそんなことに時間を費やしたことはなかった。また、私の友人の中にも、そういう人は一人もいない。くだらないことに並んだりはしない、という姿勢は学校で習ったものではない。両親が厳しくしつけたものだろう、と思う。「人間の動物的な部分の欲求のために、列を作るような人間には決してなるな」ということだ。

食のために並ぶというのは、通常は捕虜の暮らしだ。

こういう、一種の見栄の張り方を「矜持《きょうじ》」という。今はこうしたプライドについて、誰もあまり教えない。昔は親が「みっともないことをするな」と言ったものだ。安いものを買おうとして、セールの日にデパートの売り場に殺到するような行為が、矜持のない行動だ。しかし今は安物を買えると、皆が「よかったね」と祝福する。


「私日記10　人生すべて道半ば」

◎健康だけしか知らない人間は始末に悪い

私は長い年月不眠症に苦しんだ記憶があるので、眠れるということは、いつであれ、何であれ、悪いことではない、と思う癖が身についている。

夜になると不眠症のくせに、昔、大学生だった時、私はよく授業中に寝ていた。先生にも、学費を出してくれた親にも、「学問の神様」にも申しわけないと思う。

ある日のこと、やはり浅いながら快い眠りからふと目覚めると、教壇の上のカンドウ神父が言っていらっしゃった。

「世間では健康が第一というけれど、健康だけしか知らない人間なぞ始末に悪い。その点、病気に苦しんだ人は、深い思索を知ったすばらしい人間になれる可能性がある、とフランス人は言っている」

昔から、秘《ひそ》かにそうではないか、と思っていたけれど、今初めて言葉ではっきりそう言う人に会った、とそのとき、私は思った。私はずっこけそうになっていた椅子の上で座り直した。人生を座りなおし、いつも真実を受け止められる人間でいようと決意した瞬間だった。


「私日記11　いいも悪いも、すべて自分のせい」

◎絶えずこの世のつまらない雑事に触れること

この人は今も二日とあけずに本屋に行くんですが、私はいつも「すいませんけど、牛乳を二本買ってきてください」とお願いするんです。

買い物すれば、世の中のことがわかるようになる。牛乳がいくらするのか、それくらいわからないようでは人間としても生きていけませんから。つまらないことかもしれませんけど、社会から切り離されてしまう。自分一人で生きていかれるようにしておくには、絶えず、この世のつまらない雑事に触れていないとね。

「夫婦のルール」

◎人間はすべてのことに代償を払わねばならない

「28日　政府は、幼児教育・高等教育無償化の関係閣僚会合を開き、制度の具体化に向けた方針を決定した。無償化は安倍政権の看板政策の一つで、消費税率10％への引き上げによる財源を活用する。年間に幼児教育・保育は７７６４億円、高等教育に７６００億円の計１兆５３６４億円かかるという試算も示した」

幼児教育の無償化はいいけれど、私は高等教育の無償化には反対だ。高校以上は、ほんとうに学びたい人だけが少し苦労して行けばいい。私は英語はほぼ毎日使っていながら、それでも学力の不足を実感しているが、数学は小学校で習う程度以上のものが必要だと感じたことはない。それでできれば、幾何だの代数だのに人生の時間を取られたくなかった。

一方、いつも言うことだけれど、人間はすべてのことに代償を払わなければならない。タダで教えてもらおうなどと思う人には、学問が身につかない。

「私日記11　いいも悪いも、すべて自分のせい」

◎沈黙する時間と喋る時間

私は幼稚園から大学まで、聖心女子学院というカトリックの修道会の経営する学校で教育されたのだが、学力は自分に責任があるのだから、学校のせいにするわけにはいかない。しかしその他に、私は全く（私を入学させた母も）期待していなかった貴重なことをさまざま教えられた。

その一つは、学ぶべき時にはかなり長い時間、沈黙を守るという習慣であった。人間は喋りながら考えるという時間もあるだろうが、やはり沈黙の中で考える。そして沈黙は、その場に他者がいる時の基本的な人間関係の表現である。しかし今、世の中には、沈黙していられない若者たちが多すぎるのかもしれない。何か無意味なことでも喋っていないといられない、という精神構造である。あるいは、全く喋る内容を持たない人である。

人間は、沈黙する時間と、喋る時間が要るのだ。実は人間には、喋りたくない時間もあれば、喋りたくない相手もいる。しかしそれでも会話をすることによって、人間関係を保つ。


「自分流のすすめ」

◎鏡を置かない紬《つむぎ》の着物の展示会

昔、織物で有名な作家の展示会に行ったことがある。当時の私は、まだ紬《つむぎ》の着物が少し買いたかった頃だ。

その方の作品はほんとうに好きだったのだけれど、展示会場には鏡がなかったことを今でも覚えている。

どんなにすばらしい作品でも、私には「着切れない」というものもある。そういう場合は着物がかわいそうだから、私は買わない。だから私は鏡で全体像を見てから買いたかったのだが、それができなかったので、買わずに帰って来た。

私はその時、その作家の独善性と驕《おご》りを感じた。その人は、自分の作品を売ることだけ考えていて、着物には、必ずそれを着る人がいるということを考えていなかったのだろう、と思う。

「人は怖くて嘘をつく」

◎「人情の機微」を伝えられる能力

現代の日本人で、手紙や書類で、自分の心を示せる人は実に少なくなった。下手でもいいから、自分の文章で、人情の機微を伝えられる能力はなくなったのだ。

「『群れない』生き方」

◎何もかも思い通りになるはずがない

こうでなければいけない、という人は、何もかも思う通りになると考えている人が多いですからね。そんなことは、ありえないのに。

「夫婦のルール」

◎大根とキャベツの苗……両良しの育て方

二月の初旬に大根を採り終わると、もう畝《うね》と畝の間に植えられていたキャベツがかなり育っている。

いつか私はアラブ諸国で指導的立場にいる女性たちに、この手の畑を見せたことがあった。大根は完全に「大人」だが、その畝の間に「子供」のキャベツが同時に育っている姿である。

もちろん大根の葉は、そのままにしておけば伸び放題だから、幼いキャベツは日陰になって育たない。

それで日本人は考え出した。大根の葉先だけを短く切るのである。そうすることによって大根の根の部分は、栄養をたくさんもらって太く甘くなるのだろうし、畝の間に植えたキャベツの苗も、けなげに育って両良しだ。

「死生論」

◎尊敬すべき、ほんとうの働き手

手を汚さず、きれいで楽しくて、人にも注目されることならやるという行為は、悪いとは言わないが、大したことではない。ほんとうの働きというものは、古来、他人の嫌がる仕事を、黙々と果たすことだった。そういう人たちをほんとうの働き手として尊敬することを私は教えられた。

「人は怖くて嘘をつく」

◎急に怒りっぽくなったら、病気を疑う

急に疲れやすくなった、というのは自分でもわかる。しかし急に世の中が暗いように思えたり、怒りっぽくなったりするのは、血圧の異常であったり、動脈硬化のせいであったりする。しかし当人は決してそう思っていないし、そういうとますます怒ることがある。

人間の精神は肉体の状態で簡単に左右されることがある。だから自分の性格が突然変わることがあり得ると普段から思っていて、そう言われたらむしろ進んで医者に行くべきで

ある。なぜなら先天的な性格はとうていなおらないが、後天的に、何かの原因によって惹《ひ》起《お》こされたものは、その原因をとり除くことによって、わりとたやすくよくなるからである。

「完本　戒老録」

◎ただ褒められたいだけの未熟で幼稚な大人

先日、美容院で髪を切ってもらっていると、一人の中年の婦人が「今日は」と元気のいい声とともに入ってきて、手にしたスーパーマーケットのポリ袋を、美容院の奥さんにつきつけた。

「ちょっと見て！　これ！」

美容師さんは客の声に釣られて包みをのぞき込み、

「まあ、すばらしい！」

と感嘆の声を上げた。

「うちのベランダで栽培して採れたのよ！」

相手の声は弾んでいる。

「ベランダでこんないいジャガイモができるなんて、びっくりだわね」

「そうでしょう」

私は完全に聞いているだけだけれど、得意になっても当然だと思っていた。私は家庭菜園で作るたいていの野菜を栽培したことがあるから、それぞれのむずかしさは、よく知っている。

その間、私は鏡の前の椅子に座っているだけで、後ろを振り向くことはしなかった。角度の関係で、残念ながらジャガイモを持ってきた人の顔はよく見えなかった。

「それでこれくれるの？　悪いわね。こんな貴重なものを」

と美容師さんは言った。

「ううん、見せるだけで持ってきたの」

驚いたのは私だった。

「まあ、余計なことを言って悪かったわね」

と美容師さんは、気さくな調子で謝っている。それからジャガイモのおばさんが帰っていくまでには一分もかからなかった。

「おかしな人ですね。見せるだけなら、別にわざわざ持ってこなきゃいいのに」

と客が出ていった後で私は言った。

「私もおっちょこちょいですからね、てっきりくれるものだとばかり思ってたけど」

と美容師さんは笑っている。

これが新しいタイプの未熟な人なのだ、と私は思った。声の調子から、三十代とは思われない。四十代か、もしかすると五十代かもしれない。野菜作りに興味を示すというのは、普通なら子育てから手が離れた五十代なのだ。

掘りたての新ジャガを見せられたら、誰だってほしいと思うだろう。全収量はどれだけかわからないけれど、美容師さんは一人暮らしだった。とすれば、新ジャガ三個もあれば、十分につきあわせの野菜かお味噌《みそ》汁の実にはなる。

自分も楽しむものなら、どうして相手にもおいしい思いをさせたいと思わないのだろう。この女性は、ただ相手の称賛を得ることで自分の満足感を倍加させるためだけにやってきたのだ。幼稚園の子供なら、その程度の幼稚さも許されるかもしれないが、少なくとも大の大人のすることではない。一個もやりたくないほど大切なジャガイモなら、採った人は決して他人に見せず、こっそり自分で食べればいいのだ。

褒めてほしいが、収穫は分けたくない、というような未熟な大人を、昔は見かけることがなかった。

「人は怖くて嘘をつく」

◎なぜ「退化した」老人が増えたのか

老年になってもできる仕事だから、といって、最近高齢者にも下手な詩や和歌を作ることが許されている。あるいは、おじいちゃんやおばあちゃんの描く絵だからといって、大して上手でもない作品がもてはやされることもある。

作品は年に関係ない。何歳であろうと、下手ではいけない。老齢の故に過大評価される風潮が、成熟しない大人ではなく、退化した人間を如実に見せつけるようになったのは最近である。「アンヨがおじょうず」とはやされるのは幼児ならいいが、老人にはそういう甘やかされ方を許してはいけない。

「人間にとって成熟とは何か」

◎想像力なくして共感はできない

一九七二年にチリのアンデス山中で飛行機が墜落し、生き残ったラグビーチームの十六人は凄絶な飢えと闘う中で、死んだ人の肉を食べることで命をつなぎました。救出された人たちを迎える会で、息子を亡くした父親は生還者にこう語りかけます。

「私は医師としてこうあることを知っていた。ありがたいことだ、十六人を生かすために、死んだ何人かがいたのだから」

世の中にこれほど立派な言葉があるでしょうか。見ようによっては凄惨なだけの人肉食事件かもしれませんが、クレイ・ブレア・Jr.の名著『アンデスの聖餐《せいさん》』の中に出てくるこの父親の言葉は、私にとって終生忘れられません。同じ場面で「息子の肉を食った奴の顔など見たくない」と感情をあらわにして怒りをぶつけることもできたはずです。しかし、自分の息子が死んで食べられたのは事実としても、それによって誰かの命を救ったのなら喜ばしいことではないか――この父親の言葉こそ、本当の人間だけが発することのできる言葉だと思うのです。

こうした共感というのは、想像力なくしてはできるものではありません。想像する能力は、動物や類人猿とは違う、人間の頭脳の働きの中でもとりわけ高級なものです。

「人間の基本」

◎努力でなにごともなし得るか

人間の努力がなくていいわけではない。しかし努力でなにごともなし得るというわけでもない。そう思えることが、一人前の大人の状態だ、と私は思って来た。

「人間にとって成熟とは何か」

◎ほんとうの教養、とは何か

教養の本質というのは、かつての旧制高校のように多くの本を読み談論風発することでも、芸術や古典の知識に秀でることだけでもありません。人間の営みの総合としての世間、人の心の機微を知っていることだと私は思います。機微というのは、あらゆる人のあらゆる端っこや出っ張りを削除して形作られてきた、ある意味での人間の知恵なのです。

「人間の基本」

◎「本能を研ぎ澄ます」ことの大切さ

大体において私たちは、社会に便利な仕組みばかり外界に要求している。学歴とか、外から与えられる知識の量が人間の知性を決定すると思っている。

大方の人は、テレビの予報がないと天気の予測ができない。しかし昔から人々は、自分の家の庭から見える向かいの山の稜線《りょうせん》の明瞭さとか、自分の持病である喘息《ぜんそく》が出る状態とか、私の知人のようにくせ毛のまとまり具合で、午後雨が降るかどうか予測していた。

人間には人工的な与えられた知識による教養は絶対に必要だが、それと同じくらい本能を研ぎ澄ますことも大切なのだ。

「死生論」

◎友人ができない理由

友人ができない理由は、第一に他人に対する本当の関心がないこと、第二に多少、みえっぱりで自分をさらけ出せないこと、第三に不寛容などがあげられる。

「完本　戒老録」

◎他人に自分をわかるわけはない

考えてみれば、他人は自分を正確に理解してくれるだろう、などといい年をして思うことこそ、甘いのかもしれない。むしろ他人には自分をわかるわけはないのだ、という覚悟か自負のようなものがある方が無難なのだろう、とこのごろ思うようになった。

「人間関係」

◎いまだに続く愚かな悲劇

リア王は、最後まで三人の娘たちの性格や、親への誠実さを見抜けなかったが、この十七世紀初めに生れたシェイクスピアの代表作の一つが取り上げた愚かな悲劇は、現代でも解決していない。

その証拠に、多くの親たちが、長男夫婦といっしょに暮らしながら、面倒を見てもらっているその嫁の悪口を言い、別居していてたまに親を見舞うだけの次男の嫁を褒めるという愚挙がいまだに続いているのだ。

長男の嫁はいつもいつも舅姑《しゅうとしゅうとめ》といっしょに暮らさなければならないのだから、常にいい顔ばかりもしてはいられないわけだ。しかし次男夫婦はたまに訪ねて来るだけだから、次男の嫁は舅姑と顔を合わせるのも数時間だけということになる。その間なら、どんなにも愛想よく「お義父《とう》さん、体を大切にしてくださいよ。お義母《かあ》さんもむりしないで」と言っていられるのだ。だから愚かな老人は、次男の嫁はいい人で、長男の嫁は鬼嫁だと思うのである。そんな簡単なからくりもわからないほど眼の曇った年寄りも、世間にはけっこうたくさんいるように見える。

「人間関係」

◎中年にしかない気力、体力

仕事でも趣味でも自分が楽しめる実生活の規模でも、自分の手に余ることがないよう、その範囲を賢く現実的に見定める気力体力は、中年にしかないものなのだ。

「中年以後」

◎自分の心を過不足なく表現できる力を持っているか

自分の未来の希望を語るには、かなりの表現力も要る。自分の心の分析力もいる。心理学的考察も必要だ。しかし、普段から本も読まず、メール以外ろくろく手紙一つ書けない若者たちに、どうして自分の心を過不足なく表現できるというのだろう。

「不幸は人生の財産」

◎「魂」にも食料を与えなさい

何も博識になりなさい、というのではありません。ただ、人間、食べて生きているだけで、魂に食料を与えないとダメなんですね。

「人間の基本」

◎「なせばならない」のが人生

私たちの人生というのは、「なせばなる」ものじゃないんです。頑張ったって、どうにもならないことは多いと思いますよ。「なせばならない」のが、私たちの人生なんです。皆、きれいなことばかりを追いかけすぎる。私は、人間はとても不純な生き物だと思っています。不純な動機で動くのが人間なんです。そういう不純の中に、あるいささかの思いを生かし続けられれば、ありがたいとしなきゃならない。

「夫婦のルール」

第五章　生か、死か

◎人はなぜ夜にあかりを灯《とも》すのか

人間は、お互いの顔を見、その表情から内心を察し、小さな野菊一輪を生けて、その中に優しさを感じる。それらはみんなあかりのもとで行なわれるのであり、夜が来ても、そのような精神的な行為を続けるために灯をともすのである。

だから、夜は早めに、必要でも必要でなくても、人間がいるということの証《あかし》のために灯をつけなければならない。

「完本　戒老録」

◎生涯を生き尽くすことの意義とは

ほんとうの理由は、私は今までに、未来を予測して備えていても、その通りになったことがないからだ。「性懲りもなく」私はまだ予測をする癖は抜けないのだが、常に結果は違うものになるだろうという「知恵」だけはその頃から授けられた。だから思いがけない答えが与えられても、それほど文句を言わなくなったのである。

もし予測した通りの答えが私の未来に待ち受けているとするなら、私はその結果を狙って「善行」をしたり「努力」をしたりするかもしれない。それは私が一生涯の保険にお金を出すようなものだ。計算ずくの行動というものは、商行為と同じで、褒めるに値するものでない。

人間が、計算でも動き、全く計算以外の情熱ででも動くということは、すばらしいことだ。だから人間の可能性は、誰にも読みきれない。そこが私たちが生涯を生き尽くすことの意義なのだろう。

「自分流のすすめ」

◎わからないものは、わからないまま死ぬのがいい

私はね、抗《あらが》わないんです。わからないものは、わからないまま死ぬのが、人間的でいいだろうと思ってるから。

「死という最後の未来」

◎死んでも死にきれなかった理由

親友が彼の病床を見舞った時、彼はすでに酸素テントの中にいた。けれど、親友の顔を見ると、彼の顔にある表情が流れたので、友だちは家人にすすめられて、テントの中に顔を突っ込んだ。

するとと彼は、ようやく人差指を一本出して、それから何か囁《ささや》いた。二、三度聞き返して、友人は、やっと病人が、「一億円、一億円」と言っているのだとわかったのであった。

彼の昨年度の収入が一億円だったというのである。

「そうか、そうか」

親友は手を握った。すると病人は、もう一度、力をふり絞《しぼ》るようにして、五本の指をひろげてみせる。

それは五万円、ということだと家人が知らせた。つまり収入が一億円に五万円満たなかったのである。残念だ、と病人は訴えているのであった。

「もう五万円、何とかして増やしてやりたかったな」

と友だちの一人が言った。

一億円を目標にすることも一つの人生の意味なのだろう、と私は思った。そして私は会ったこともないこの人が少し好きになった。

しかし考えてみると、九千九百九十五万円もの収入があれば充分ではないか、と思うのは、私の一方的な見方で、彼にしてみれば、五万円足りないことで、死んでも死に切れなかったのかもしれない。

生きる目的はそれぞれに違うから、人間は他人に何も言いようはないのである。


「完本　戒老録」

◎人間の一生は「永遠の前の一瞬」

その人にとって理不尽でない死なんてないかもしれませんね。私は今日死んでも「理尽」だけれど。私には子供の頃から聞いていた、人間の一生は「永遠の前の一瞬」という言葉が、いつも胸にあるんですよ。よくても悪くてもたいしたことはない、よくても喜ぶな、悪くても深く悲しむな、生きていても有頂天になるな、自分の一生は失敗だと思うな、

「永遠の前の一瞬」なんだから、と。

「死という最後の未来」

◎自分の心に刃《やいば》を向けよ、とは

もちろん、神が平和を望まないわけではありません。ただ安穏に、惰性のように平和を生きることではなく、自分自身の心に刃《やいば》を向けて、心のありようを厳しく問い詰めて生きることが望まれるのです。

「幸せは弱さにある」

◎誰もが死ぬという、いい制度

私は50歳になった時から、寝る前に「3秒の感謝」というものをするようになりました。「今日までありがとうございました」と言うんです。もしもその夜中に死んだとしても、けじめをつけたことになるでしょう。死ぬということは、いい制度だと思いますよ。

◎自分の人生、格言通りに生きたか

長い人生だが、格言通りに生きたという記憶は多くない。「急《せ》いてはことをし損じる」は時々有効に使った。同じような意味らしいが、「急がば回れ」には必ずしも従わなかった。あわくって直接的に急いだ方が、急場を脱出できる、と思ったことの方が多い。

人生は予測もできないし、やり直すこともできないのだけれど、何歳になっても一瞬一瞬が勝負という面もあるのは、楽しい。

「死生論」

「死という最後の未来」

◎死を迎える準備の必要性

「私は若い時に、豪華客船に乗って、最初にやらされたのは、救命ボートに乗り移る一歩手前までの行動の準備をすることでした。しかし船は多くの場合沈みません。勤め先で火災訓練があっても、ちゃんと加わらずにトイレに隠れている人もいるそうです。会社のビルが火災に遭う率も、あまり多くはなさそうですから、それでかまわないかもしれません。しかし死はそうではありません。死は誰かにとっても百パーセントやって来る、確実な運命です。ですから死を迎える準備だけはやってください」

「私の漂流記」

◎死ぬまでにどんどん棄《す》てよう

古い写真をまた一山棄てる。ＣＤも何十枚と棄てる。

死ぬまでにどんどん棄てよう。納戸も整理して空《す》き間だらけになった。大切なものは思い出だけ、という実感がある。

「私日記２　現し世の深い音」

◎胸を打たれた象《ぞう》の別離の光景

テレビでは、恐ろしい内容のものもあった。「象とライオン」という番組である。以前は、水辺で水を飲む象たちは、子象を庇《かば》う姿勢はあっても、付近にいるライオンに襲われることはなかった。しかし最近のライオンは集団で象を襲うようになった。まるで蚤《のみ》がたかるように弱った象に数匹が馬乗りになり、噛《か》みついて、やがて出血がひどくなって倒れるように仕向ける。それでもまだ象は長い時間生きている。すると象仲間の一匹が近づいてきて、しみじみと息を引き取る間際の友に別れを告げるのである。そのゆったりとした別離の光景は、決して演出できないものだ。

象という動物は、信じがたいほど、人間に近い感情を持っているのではないだろうか。象の墓場は秘密の場所ではなく、遺体は白骨化して眼に触れるところにあったが、その野ざらしになった仲間の白骨の一本をわざわざ鼻で拾って持って行く象もいた。確かに意識して仲間の骨を拾って行くという感じだった。これもやらせということはないだろう。

私は翌朝までまだ胸を打たれていた。

「私日記6　食べても食べても減らない菜っ葉」

◎「爺さん、いつまで生きる気だ」

九十歳になってもまだ生にしがみついている人に対しては、「いつまで生きるつもりだ」と言いたい部分はある。しかし誰も年寄りが早く死んでしまえばいいと思ったりしていない。

仲のいい家庭で、元気な高齢者の父と酒を飲んでいるもう初老の息子が、「おい、父ちゃん、あんた一体幾つまで生きる気だ?」と聞き、「俺はなあ、お前がうんざりするまで生きる気だ」などと答えると、息子は「これだからなあ。俺も苦労するよ」と応じる場面があっても、できた親子なら双方で笑うだけだ、と私は思っている。こういう親子は、だから他人が来ると、父親の方が「先日も息子に『爺さん、いつまで生きる気だ』と言われたけど、こうなったら、意地でも百十歳までは生きんとなあ」などと答えて一家で笑っているものだ。それが腹の立つ種だという。よほど他人行儀で、しかもユーモアに馴れていない家庭の話か、それを普通とする新聞かの反応で、私から見るとむしろおかしいのである。

「私日記10　人生すべて道半ば」

◎生きるに価《あたい》しなかった人生を送る人

このお宅にお邪魔するのは二回目なのだが、目で見る限りでは、いつも海までの正確な距離感がつかめない。眼下にチェーン店を多く持つビジネスホテルが建っているのだが、その壁面全体にヨーロッパでしか見られない巨大な騙絵《だましえ》が描いてあって、そのホテルの直前は、すぐ波打際、蒼い海と白い雲が踊っているように見える。しかし現実にはその前に広い通りもあり、ニース一と思われるデブ猫のいる集合住宅や、全店にオードブルからデザートまで冷凍食品だけを置いている巨大なスーパーや、海岸通りに面した小児病院などもあるのだが、上からの眺めでは、その距離感がない。

Mさんが早起きの私の生活習慣に合わせて、朝七時から朝食のテーブルに着いてくれる時、ニースはまだ真暗だ。しかも間もなく夜明けの来ることは、東の空が切れ切れの色を見せることでわかる。私はその夜明けを眺めるという贅沢を許されるのだ。

すぐそこのニースで一番眺めのいい海岸通り——「イギリス人のプロムナード」——に面して大きい小児病院があるということに、私は毎朝悲しみを覚えた。年に何人もの子供たちが、そこで先行き長い人生を諦めねばならないのだろう。それはその子一人の不運ではない、と私は言わねばならないのだろうか。何十年生きても、「生きるに価《あたい》しなかった」かと思われるような人生を送る人だって地球上にはたくさんいるのだ。

「私日記10　人生すべて道半ば」

◎自宅に帰って老後を過ごしたい、という望み

彼の望みは、うちへ帰って老後を過ごすことなのだから、私は老衰のままでもずっと家にいられる態勢を作ることだけにその頃は必死になっていた。今でも私は一回だけ後悔していることがある。私の脚が痛くなって間もなく、私は「もう私はダメだわ。あなたの世話を続けられないわ」と呟いたことがあるのだ。私はもうベッドの上で、彼の半身を起こす力さえなくなったことを嘆いたのだ。こんな調子では、どこか病人の面倒を見てくれる施設に朱門を送らなければ私の体力では多分長くは続かないだろうということだったのだが、それから数日後に朱門は、「僕は間もなく死ぬよ」と言ったのだ。暗い調子でもなく、何かさわやかな予定のような口調だった。

彼は自殺を図るような人ではないが、自分の体にその予兆を感じたのか、それだけでなく、それが私たちにとっていいことなのだと言いたかったのか、どちらでもありそうな気がする。私たちは誰もが、適当な時に穏やかに死ぬ義務がある。

「私日記10　人生すべて道半ば」

◎最期の日々にも人間を続けてくれていることに感謝

朱門のさしあたりの危機は、血中酸素が五十八まで下がってきてしまったのだと後で教えられた。この数値は、そのまま放置すれば生きていけない範囲だという。ホームでも風邪の間に彼はずっと酸素吸入を受けていたのだが、民間の機械では、一分間あたりせいぜいで三から五リッターくらいしか供給できない。

しかし病院では十五リッターという強力な機械があるので、彼の状況は一応危機を脱したかのように見えた。

病室に入ってからも、朱門は声は小さかったが、充分にいつもの朱門らしかった。「ここはホームじゃないのよ。病院なのよ。ホームじゃ、あなたは転んで青痣《あおあざ》を作った時、『これは女房に殴られたんです』って言いふらしたのがかなり浸透したけど、ここの病院ではまだ誰も知りませんからね。明日から鋭意言いふらさないと、女房のワルクチが伝わらないわよ」と耳元で言った。

するとと彼は、「あれは古くなったから、新しいのにする」と小さい声で答えた。この手の女房のワルクチは、もうずいぶん長い間言い続けていてそろそろ古びて飽きて来たから、近くもっとパンチの利いた新しいヴァージョンにする、ということだ。再起不能の間質性肺炎に罹《かか》っていても、彼はまだこうしていたずらの種を考えていたのだ。

意識のある間、彼は私に「疲れているから早く帰りなさい」と言い、孫夫婦がロンドンから見舞いに帰って来ると、喜んだ。他者の存在が心にあり、その人たちの健康や幸福を考えられるということは、それだけで人間なのである。病人でも歩けなくても、まだ立派に人間なのだ。私はそのような形で、夫が最期の日々にも人間を続けてくれていることに深く感謝した。

息子の妻も関西からやって来てよく協力してくれたが、私はできるだけ病院に泊まることにした。何も会話はなくても、私が自宅のベッドの傍のソファに座っている夜八時半までの時間が大好きだったらしいので、間もなく終わるかもしれない生涯の最期の日々を、できるだけ今まで通り過ごすのがいいだろう、と考えたのである。

「私日記10　人生すべて道半ば」

◎人間はあらゆることに、最後がある

しかし体力的には、ひどく衰えたのを感じる。三月二十三日、他の知人たちと、東京外環道路の東名ジャンクションの見学をしている時に、階段を昇り降りしていたら視界が暗くなってきた。多分低血圧のせいだと思う。地表に上った途端、あたりの視界が乱れた。立っていられなくなってしゃがみ込みながら、「これで私は取材で現場へ行くのは止めにしよう」と思っていた。

人間はあらゆることに、最後があるのだ。だから最終回を大切に決めて迎えねばならない。

「私日記11　いいも悪いも、すべて自分のせい」

◎山の暮らしは厳しい。人間の力は弱い

那須町で、県立大田原高校の男子生徒七人が雪崩《なだれ》に巻き込まれて、先生一人と共に死亡した。ほんとうに若い時代に生を断ち切られる痛ましさは、不合理そのものだ。

高瀬のダムの現場に取材に行っていた頃、東京へ帰る日に、よく山の上で足止めにあった。駅までの道に雪崩発生の危険が出ているからである。

何日間も山の合宿で過した人たちは、私よりもっと家に帰ることを焦っている。しかし気温が高いので、会社は交通禁止にする。

「何度まで下がればいいんですか?」

と山を知らない私は聞く。多くの場合七度まで下がれば、会社は数台で隊列を組み、万が一雪崩に襲われた時でも掘り出せるように、ブルドーザーを最後尾につけて出発する。

山の暮らしは厳しい。人間の力は弱い。

私はそこでも人生の片々《へんぺん》を習った。

「私日記10　人生すべて道半ば」

◎死ぬ時は人を驚かさない方がいい

私は、個人生活で、自分の生活を少し楽にしようと思っている。居間、台所、寝室、書斎にだけ、床暖房をつける予算を組んでいたのである。私はとにかく冬に弱く、寒がりなのに、五十年以上前に建てた古家は旧式なままであった。正確にはわからないけれど、約五十数坪の家を少しだけ改築して、居心地のいいものにしようと思い出していたのである。私は暑いのには強いから、冷房設備は今のままで何とかやっていける。しかし暖房はあまり完全ではない。

今年中に知人が数人、浴室で亡くなった。明日死んでも私は別に不足はないのだが、死ぬ時は人を驚かさない方がいいから、常識的に浴室を温めたりしている。

「私日記11　いいも悪いも、すべて自分のせい」

◎「希望に満ちあふれて亡くなる」ということ

豊嶋淑子《とよしまよしこ》さんは、小学校から同じクラスだった。そのときから一人だけ両親がいなかったが、美しいふくよかな顔立ちの少女で、表情に暗いところは少しも見えなかった。

何十年も経ってから、私は再び彼女と親しくなった。彼女も結婚して子供にも恵まれたが、ご主人は我が家の夫のように妻を放置するタイプではなく、昔風に妻は夫に「仕える」立場にある、と思っている方だったようである。

その意味で彼女は子供たちを育て上げても、自由になって老後を楽しむというわけにはいかなかった。しかしその昔風のご主人が、今年、我が家の夫の死の数カ月後に亡くなられた。

「私たちに最高のときが来た」とまで、私が思えなかったのは、彼女には膝の故障があり、片方の脚の手術には成功したのだが、もう一方が残っていたからだった。歩けないわけではないが、自由な老後を満喫するためには、やはり私くらいには歩けた方が便利だった。

幸いにして私のくるぶしの骨折を治してくださった主治医が、彼女の手術も引き受けてくださることになり、彼女は十二月の初旬頃、残った悪い脚の手術を受けることになっていた。

十二月十日頃、手術し、年内はゆっくり入院して……（改めて言うのは、わがままなご主人がいらした頃は、彼女は入院の期日も切り上げて、早々に帰宅していたところもある）新年から、脚力をみながら私と旅行の計画も立てるということになっていたのである。

その朝は、彼女が入院の日だった。病気が悪くなって入院するのではない。杖《つえ》なしで歩ける元気な老後のために入院する日であった。

それなのに、その日の朝、入院の前に彼女はシャワーを浴びた後に倒れた。同居している娘さんのご夫婦はその日の入院を手伝うつもりで待機していたが、いつまでも水音が止まらないので、迎えに行ってみると、すでに亡くなっていた。

彼女は希望に満ちあふれて亡くなったのではないかと思う。ゆっくりと入院し、脚を治して帰宅し、翌年から、私と遊ぶ計画も立てられた。だからよかった、とも言えるが、私は心残りでたまらない。


「私日記11　いいも悪いも、すべて自分のせい」

◎貧しさが人を鍛えることもある

人の個性によって、豊かさが人を育てる場合もあり、貧しさが人を鍛えることもある。信頼が子供の個性を伸ばすことがほとんどだが、自分を信じてもらえなかったという恨みが、その子を一生駆り立てて、或《あ》る人生の完成に導くこともある。

「風通しのいい生き方」

◎動物的本能がいかに大切か

ことに私が最近の日本人について感じるのは、本能の欠如である。人の態度、町の空気、周囲の物音まで何かおかしい。そのようなものを感じるのは自分の中の動物的本能だけだ。こういう異常を感じ取る感覚は、受験戦争に勝ち抜いていい大学を出たような秀才ほど喪失しているものかもしれないが、私には何百何千年前の先祖から贈られた動物的才能の片《へん》鱗《りん》として少しは残っている。やや危険な土地を歩いた時に、どれほどその動物的本能によって救われたか知れない。

「人生の醍醐味」

◎「自分を育てる」という他者の役割

緊張とは何か。それは本来は野獣が餌を狙い、或いは敵の襲撃から身を守るための姿勢であって、決して本質的には高級なものでも、異常なものでもない。それは言葉をかえて言えば、他者の存在を認識した時の、きわめて自然な動物の反応である。緊張すれば、体中に血が漲《みなぎ》るような気がするが、それも相手によって漲り方が違うのは自然である。よく気心の知れた友達に会おうとする時の緊張と、会ったこともない年長者などに正式に会わねばならぬ時の緊張とはかなり質が違うが、いずれも緊張であることにはまちがいなく、それはひいては、我々が他者との関係において、他者の中に自分を生かそうとする試みの確認なのである。

他者がどれほど自分を育てる役割をするか。私たちは一人では決して自分をこれだけにもすることはできなかったのである。拒否され、嫌われ、積極的に意地悪をされ、時に愛され、救われ、ホメられ、その中で、私たちはどうにかこうにか一人の人間《じぶん》を創り上げて来たのである。

「絶望からの出発」

◎なぜ本能的感覚が弱くなったのか

現代の若者たちは、恐ろしく本能的な感覚が弱くなっている。無理もない、彼らはあらゆることを予告されるのに馴《な》れている。天気予報は、温度や風雨だけでなく、洗濯するには適した日だとか、厚手の上着を持っていけとか、雨傘でも折りたたみがいいとか、至れり尽くせりを通り越してお節介なまでの警告、注意を貰うことに馴れている。

「想定外の老年」

◎視力を失うことは精神の死であった

私は今までに父を初め何人かの死に立ち会って、心臓の鼓動と呼吸が止まる数時間も前に、人間が爪先や指先から徐々に死んで冷たくなって行くのを見ていて、

「人間は部分的に死んで行くんですね」

などと言っていたが、それが自分の上にも運命として襲って来るかもしれないとは考え

なかった。まだ見えないことに馴れない私にとって、視力を失うことは、そのまま即ち精神の死を意味するとしか思われなかった。

私は四十八歳であった。平均年齢までもし生きるとすると、私はまだ三十年くらいの長い時間を精神の死を味わいながら生き続けなければならなかった。

世の中には超人的な努力をして道を開いた人というのが常にいる。私も、そのようになれるであろうか。私は手始めに、目をつぶって草とりをする訓練をしてみた。草とりは、完全を望まなければ、二、三重視でも役に立つ仕事だったから、私は毎日のように草とりをしていたのであった。二、三分、感覚だけに頼って指先が芝以外の草に触れるのをさぐって抜いてみてから、私は目を開けてみた。すると無残なほど、草はまだ生え残っていた。

「贈られた眼の記録」

◎混濁した視界にもかかわらず「見える眼」とは

しかし私は、本当はもうへとへとだったのである。

私の眼はどの眼科でも「見える眼」だと言われた。しかし、この恐ろしい混濁した視界を完全に盲目ではないからというだけの理由で、見える眼というのは果して適当なのだろうか。いったいどこから人間の眼として見えるとか見えないとか言うのだろう。

私の眼がとくに気持を重くさせるのは、町の大通りに立った時であった。あたりの光景は砂色に暗く濁り、建物という建物は、輪郭も本体もぼんやりとぼけたまま三重に、縦・横・奥行ともにずれて見えた。自動車も、しゃぶりかけの飴《あめ》のように不明瞭な形のまま、三台ずつずれて重なっているので、時には親亀が子亀をのせたように見えた。信号も常に三つずつだった。

「贈られた眼の記録」

◎しわやしみに刻まれた人間の深さや重さ

まだ新カナなどという制度がなくて、漢字は複雑に書き分けねばならなかった私の幼い頃、人相上の見た目・外観のことは「縹緻《きりよう》」と書き、「器量」などと書くと母に怒られたような気がする。「縹緻」はあくまで外見のことで、その人の人間的な器の総体、つまり才能や徳のあるなしは含まれていない。キリョウを一律に「器量」と書くようになってから、人間の浅薄な外見と、内容の深さや重さを区別して考える習慣もなくなってしまった。

もっとも人間はその生きてきた歴史を顔に刻むもので、年を取るに従ってしわやしみは増えるが、総じて外見は感じのいい人物になっている例が多いのは、やはり内容が増えるからであろう。

「不幸は人生の財産」

◎人間はみんな少し無理をして生きるもの

年をとれば、どうしても誰かに頼らざるをえないことが出てきます。なんでも、自分一人で生きられる、というのは傲慢《ごうまん》です。そこで難しいのが、自立と頼ることのバランスだと思うんです。

老人といえども他人に依存せず、自分の才覚で自立すべきだ、というのが私の考え方ですが、私は、人間はみんな少し無理をして生きるものだと思っています。年をとった、身体の調子が悪くなったからといって、何でもやってもらおうというのは、おかしい。

お金を稼がないと生きていけない現実もある。大きな荷物を背負った行商のおばさんは、もう昔の光景ですけどね。やっぱり生活があるから、腰が痛くてもやっていたんです。その程度のことは、人間やって当たり前でしょう。

みんな少し無理をするべきなんですよ。つらい思いをして、みんな生きているんですから。年をとっても、それは同じだということを知っておいたほうがいい。「夫婦のルール」

◎畑では、なぜ間引きが必要か

畑をしたことがない人はわからないのだろうが、私は野菜作りが趣味だから、間引きの必要性ということをよく知っている。種は、発芽を促すためにも、いささか必要以上の量を蒔かねばならない。そして生えて来た若い芽は、必ず適当な時期に力の強いものだけを残して間引かねばならないのである。弱い芽、まだ若いうちから枯れかけているような芽は取り除くのだ。

すべての生命の営みは、命を育てる優しさと、劣等なものは取り除く淘汰《とうた》という残酷な面と、両面を持っているのである。

「風通しのいい生き方」

◎運命は途方もなく人を裏切る

二〇一一年(平成二三年)の三月十一日午後二時四十六分に起きた東日本大震災は、日本人一人一人の心に大きな爪痕を残した。二万人を超える死者が出たということは、その数倍にも及ぶ人々が深い悲嘆に包まれたということである。殊《こと》に、幼くして父母を失った子供や、老後二人だけで支え合って生きてきた夫婦の片方が失われるなどというケースでは、世界が失われたような深い絶望の淵《ふち》に落とされたことだろう。

さらに多くの人たちが我が家と、そして職場を失った。それがどれほどの大きな喪失感か、ごく幼い時から今まで、同じ土地に住み続ける運命を許された私には悼《いた》む資格もなく、言葉も思いつかない。

私自身は、現世をいつも豹変する所だとして見ていた。私は将来を夢見たという記憶がない。むしろきっと悪いことが起きるだろうと恐れる才能にかけては、人後に落ちなかった。私は一種の問題家庭に育ったおかげで、幼い頃から「苦労人」だったから、人間の生きるこの世の原型を「ろくでもないところ」だと捉《とら》えていた。今はよくても、すぐに運命は途方もなく人を裏切るような方向に動くことが多いのだから、抽象的な意味で、自分が立っている大地が揺れ動くような可能性を信じることも、それほどむずかしいことではなかった。

「揺れる大地に立って」

◎深い人生を感じて最期を迎えるために

人は現世で、何事にも十分に出逢ってから死んだほうがいい。楽しい出来事ばかりでもなく、必ず気の合う人にだけ会えるわけでもないが、そうした経過があってこそ、人は深い人生を感じて最期を迎えられるのだろう。

「死という最後の未来」

酔狂に生きる（河出書房新社）

なぜ子供のままの大人が増えたのか（だいわ文庫）

中年以後（光文社文庫）

贈られた眼の記録（朝日文庫）

人間にとって成熟とは何か（幻冬舎新書）

人は怖くて嘘をつく（扶桑社新書）

人間関係（新潮新書）

人間の基本（新潮新書）

風通しのいい生き方（新潮新書）

揺れる大地に立って（扶桑社）

人生の持ち時間（新潮新書）

人間の愚かさについて（新潮新書）

幸せは弱さにある（イースト・プレス）

私の漂流記（河出書房新社）

人生の退き際（小学館新書）

「与える」生き方（ケント・ギルバート氏との共著／ビジネス社）

死という最後の未来（石原慎太郎氏との共著／幻冬舎）

出典著作一覧（順不同）

死生論（産経新聞出版）

「群れない」生き方（河出書房新社）

自分流のすすめ（中央公論新社）

夫婦のルール（講談社）

完本　戒老録（祥伝社）

不幸は人生の財産（小学館）

想定外の老年（ワック）

私日記１　運命は均《なら》される（海竜社）

私日記２　現《うつ》し世《よ》の深い音（海竜社）

私日記６　食べても食べても減らない菜っ葉（海竜社）

私日記７　飛んで行く時間は幸福の印（海竜社）

私日記８　人生はすべてを使い切る（海竜社）

私日記10　人生すべて道半ば（海竜社）

私日記11　いいも悪いも、すべて自分のせい（海竜社）

人生の醍醐味（扶桑社新書）

絶望からの出発（ＰＨＰ研究所）

人生の収穫（河出書房新社）

曽野綾子（その あやこ）

1931年9月、東京生まれ。

聖心女子大学卒。幼少時より、カトリック教育を受ける。

1953年、作家三浦朱門氏と結婚。

小説『燃えさかる薪』『無名碑』『神の汚れた手』『極北の光』『哀歌』『二月三十日』、エッセイ『自分の始末』『自分の財産』『揺れる大地に立って』『親の計らい』『人生の醍醐味』『人生の疲れについて』（扶桑社刊）、『老いの才覚』『人間の基本』『人間にとって成熟とは何か』『人間の愚かさについて』『夫の後始末』など著書多数。


本書は、2020年9月に刊行された『自分の価値』を新書化したものです。

デザイン：小栗山雄司
写真：山川修一（扶桑社）

扶桑社新書 410

自分の価値

発行日 2021年11月1日　初版第1刷発行

著　　者………曽野 綾子
発 行 者………久保田 榮一
発 行 所………株式会社 扶桑社
〒105-8070
東京都港区芝浦1-1-1 浜松町ビルディング
電話 03-6368-8870（編集）
03-6368-8891（郵便室）
www.fusosha.co.jp

DTP制作………株式会社 Office SASAI
印刷・製本………中央精版印刷 株式会社

Printed in Japan　ISBN 978-4-594-08988-7